# LA VILLE VITRIFIÉE

## DANS LA MÊME SÉRIE

1. *Opération* Astrée
2. *La Terre a peur*
3. *La Milice des mutants*
4. *Bases sur Vénus*
5. *Les vainqueurs de Véga*
6. *La forteresse des Six Lunes*
7. *La quête cosmique*
8. *Les glaces de Gol*
9. *Le traître de Tuglan*
10. *Le Maître des mutants*
11. *Le piège à pirates*
12. *L'empereur de New York*
13. *L'étoile en exil*
14. *Mutants en mission*
15. *L'offensive d'oubli*
16. *A l'assaut d'Arkonis*
17. *La menace des Moofs*
18. *La planète piégée*
19. *Les méduses de Moofar*
20. *Les grottes de Gom*
21. *La bataille de Bételgeuse*
22. *L'amiral d'Arkonis*
23. *Le sérum de survie*
24. *Le spectre du surmutant*
25. *Les exilés d'Elgir*
26. *L'invasion des Invisibles*
27. *Le poids du passé*
28. *La citadelle cachée*
29. *Les traquenards du temps*
30. *Délos a disparu*
31. *L'agonie d'Atlantis*
32. *La moisson de Myrtha VII*
33. *Les soleils de Siamed*
34. *L'errant de l'éternité*
35. *La revanche du Régent*
36. *Recrues pour le Régent*
37. *Le prix du pouvoir*
38. *La déroute des Droufs*
39. *Rhodan renie Rhodan*
40. *L'immortel et les Invisibles*
41. *Les Métamorphes de Moluk*
42. *L'arche des aïeux*
43. *Alerte aux Antis*
44. *Le caboteur cosmique*
45. *La flotte fantôme*
46. *Le barrage bleu*
47. *Le désert des décharnés*
48. *Opération « Okal »*
49. *L'homme aux deux visages*
50. *Les dieux oubliés*
51. *L'aventure akonide*
52. *Mannes éphémères*
53. *Complots arkonides*
54. *Opération dernière chance*
55. *Rencontres extragalactiques*
56. *La mort de Mécanica*
57. *Le captif du futur*
58. *La bataille de Panotol*
59. *Les astres noirs*
60. *Médiation protoplasmique*
61. *Opération surprise*
62. *Prisonnier du plasma*
63. *Le Monde-aux-Cent-Soleils*
64. *Le planétoïde hanté*
65. *Le combat des cent-soleils*
66. *Menaces sur les mutants*
67. *Le mirage de la montagne chantante*
68. *La valeur de la vie*
69. *Le fléau de la galaxie*

70. *Le miroir de molkex*
71. *Rébellion sur Euhja*
72. *La métamorphose du molkex*
73. *Le labryrinthe d'Eysal*
74. *Le piège de glace*
75. *Les sauveteurs sigans*
76. *La course contre la montre*
77. *L'effondrement d'un empire*
78. *L'offensive de crétinisation*
79. *La sylve sanguinaire*
80. *Guérilla sur Greendor*
81. *Pas de retour pour Rhodan*
82. *Les soldats stellaires*
83. *Mulots en mission*
84. *La fin de la fuite*
85. *Péril sur Plophos*
86. *Le déclin du dictateur*
87. *Arkonis assassiné*
88. *A l'assaut d'Andromède*
89. *Planète de pénitence*
90. *Les gardiens des galaxies*
91. *La guerre du gel*
92. *Héros de l'Horreur*
93. *Microcosme et Macrocosme*
94. *Les pyramides pourpres*
95. *Le triscaphe titanesque*
96. *Le péril surgi du passé*
97. *Téléporteurs dans les ténèbres*
98. *Les condamnés du Centre*
99. *La cinquième colonne*
100. *Les Coureurs d'ondes de Chrystal*
101. *Invasion interdite*
102. *L'armada akonide*
103. *Les astéroïdes d'Androbêta*
104. *Le satellite secret*
105. *La débâcle des Deux-Nez*
106. *Les sœurs stellaires*
107. *La ville vitrifiée*
108. *Le Monde des Marais*
109. *La sphère spatio-temporelle*
110. *La station de Saar Lun*
111. *Le messager des Maîtres*
112. *L'ingénieur intergalactique*
113. *La revanche des Régénérés*
114. *L'être d'Emeraude*
115. *Tempête sur Téfrod*
116. *Les mercenaires des Maîtres*
117. *Le robot qui rit*
118. *La machine de Multika*
119. *Le transmetteur temporel*
120. *Les temples de Tarak*
121. *L'agent atemporel*
122. *L'Émir et l'éternité*
123. *Les transmuteurs de Tanos*
124. *Le seigneur de Sadlor*
125. *Le sarcophage stellaire*
126. *La piste parapsychique*
127. *La facture des faussaires*
128. *Iago l'Innocente*
129. *Miras le Maléfique*
130. *Naufrage dans le néant*
131. *Le pacte de paix*
132. *L'escapade de l'Emir*
133. *Illusions interstellaires*
134. *La faillite de Faktor IV*
135. *Multidon la maudite*
136. *Terreur sur Tamanium*
137. *Le sacrifice suprême*
138. *Au cœur de la démesure*
139. *L'énigme de* Old Man
140. *Sur la piste des hypno-cristaux*
141. *Cristal-catastrophe*
142. *Sur le fil du rasoir*
143. *Remous dans les Nuages de Magellan*
144. *Des Perlians aux hommes-lions*
145. *Les partisans du Grand Nuage*
146. *Assaut sur Danger-I*
147. *Dans les grottes des Gurrads*

148. *Missions magellaniques*
149. *Le réveil d'un Titan*
150. *Transgressions temporelles*
151. *Dérive intergalactique*
152. *Poison pour une planète*
153. *Le sosie du Stellarque*
154. *De Néréide à Neptune*
155. *Offensive sur* Old Man
156. *Cités spatiales skovars*
157. *Le commandeur des oubliés*
158. *Holocauste halutien*
159. *Les labyrinthes de M 87*
160. *L'enlèvement de l'élu*
161. *La caste des chercheurs*
162. *Les insurgés du* Krest IV
163. *Projet paladin*
164. *Le repaire des Symbiotes*
165. *Uchronies akonides*
166. *Le karma de Khan*
167. *Les pirates de Parjar*
168. *Les cercueils de cristal*
169. *Les léviathans de Léthara*
170. *Le piège des Pelewons*
171. *Les Constructeurs du Centre*
172. *Le gouffre entre les galaxies*
173. *Traîtres en série*
174. *Le gardien de l'Intouchable*
175. *Le spectre du Sepulveda*
176. *Le secret de la pyramide*
177. *Sur les traces du passé*
178. *Le legs des Lémuriens*
179. *Odyssée pour des nefs perdues*
180. *Le poids des Invisibles*
181. *Pont entre les nuages*
182. *La base des Baramos*
183. *Les œufs de Baykalob*
184. *Les spectres verts*
185. *Des Bestians aux Ulebs*
186. *La tanière hors du temps*
187. *Ténèbres sur la Terre*
188. *L'humanité au crépuscule*
189. *La voie transtemporelle*
190. *L'ombre de Corello*
191. *Défi à l'antimatière*
192. *Mutants sans avenir*
193. *Les chronoclastes de Copernic*
194. *Le satellite anti-solaire*
195. *L'adieu aux Accalauries*
196. *Face au supermutant*
197. *La catalyse de l'instable*
198. *Énigmes du passé*
199. *Les ludions du temps*
200. *Les pièges de Gevonia*
201. *Rencontre avec Ovaron*
202. *Expédition sur Zeut*
203. *À l'aube de Lémuria*
204. *Un frère au-delà des siècles*
205. *Le ressuscité de Titan*
206. *Départ pour Gruelfin*
207. *Les conquérants de Takéra*
208. *Le retour d'un banni*

K.-H. SCHEER
et CLARK DARLTON

# LA VILLE VITRIFIÉE

PERRY RHODAN — 107

Fleuve Noir

Titres originaux :
WELT UNTER HEISSER STRAHLUNG de Clark Darlton
AN DER SCHWELLE DER HÖLLE de H.G. Ewers

Série dirigée
par Jean-Michel Archaimbault

*Traduit et adapté de l'allemand*
*par A.J. Thalberg*



ISBN : 2-265-08066-7

## RÉSUMÉ SUCCINCT DES PREMIERS ÉPISODES DU CYCLE « ANDROMÈDE ou LES MAÎTRES INSULAIRES »

Pour un panorama détaillé de l'action qui a fait l'objet des 99 précédents volumes, l'on se reportera avec profit aux « Chroniques de Terrania » constituant l'essentiel du supplément spécial en fin du volume 100, *Les Coureurs d'Ondes de Chrystal*. Le résumé synthétique des 4 cycles antérieurs sera redonné en annexe dans la réédition du volume 110, puis tous les 10 numéros.

Voici un rappel succinct des événements survenus depuis le début du cycle 5 en cours, « Andromède ou les Maîtres Insulaires ».

An 2400 après J.-C. : l'Empire Solaire représente l'une des puissances prépondérantes de la Voie Lactée en matière politique, marchande, économique et militaire. Dans un rayon de trois mille années-lumière autour de la Terre, mille cent douze planètes, situées dans mille dix-sept systèmes stellaires, sont des colonies humaines. Mille deux cents autres mondes et d'innombrables lunes, diverses stations réparties dans tous les secteurs de la Galaxie servent de points d'appui à l'Astromarine Solaire ou constituent des nœuds d'échanges commerciaux. Les Akonides, de leur côté, ont mis à profit cette période pour développer une importante flotte spatiale.

Mi-2400, Perry Rhodan et le *Krest II*, sa nouvelle nef amirale, se lancent vers le secteur très redouté du Centre de la Voie Lactée. Avec l'appui d'un allié aussi inattendu que déconcertant, le Halutien Icho Tolot, le Stellarque découvre, dans le noyau galactique, l'Hexagone des Sextuplées. Ce titanesque transmetteur de matière à l'échelle cosmique, formé par six géantes bleues, expédie le *Krest II* à neuf cent mille années-lumière de la Terre dans un autre système artificiel, les Jumeaux, au sein du Grand Abîme séparant la Galaxie de sa plus proche voisine, la Nébuleuse d'Andromède.

Après de terribles aventures sur des mondes piégés par les mystérieux Maîtres Insulaires, Perry Rhodan et ses compagnons réussissent à régler le transmetteur des Jumeaux pour permettre le retour dans la Galaxie. Mais les gardiens du dispositif interviennent et c'est à trois cent mille années-lumière de là que resurgit le *Krest* au cœur d'une énorme planète creuse : le Monde de l'Horreur…

Pendant ce temps, depuis la Voie Lactée, une expédition de secours se lance à travers le Grand Abîme. Le *Prométhée*, un vaisseau expérimental multi-étages, rejoint le *Krest* au moment où celui-ci émerge enfin à la surface du Monde de l'Horreur. Bien décidé à explorer cet environnement hors du commun, en dépit des avertissements d'Atlan, Rhodan donne l'ordre de s'y poser.

Fatale erreur ! Frappé par une arme inconnue, le compresseur de potentiel, l'ultracroiseur et tous ses passagers sont réduits au millième de leur taille ! Au prix d'efforts surhumains, les « micronautes » réussissent à émettre un appel de détresse vers le *Prométhée III*. Alertés, les gardiens de la planète creuse s'emparent du *Krest II* miniaturisé et l'amènent à bord de leur immense forteresse spatiale. Le retour de celle-ci dans le Système des Jumeaux permet au vaisseau amiral terranien et à ses occupants de recouvrer leur taille normale.

Surprise : la forteresse abrite des Maahks, un peuple extrêmement prolifique que l'on croyait éteint à la suite des terribles guerres au cours desquelles, dix mille ans plus tôt, ils avaient presque anéanti le Grand Empire arkonide. En fait, les Méthaniens survivants se sont réfugiés dans la Nébuleuse d'Andromède… Après deux affrontements sans succès entre le *Krest* et le titan de l'espace, c'est l'intervention de trois téléporteurs, dont le mulot-castor L'Émir, qui rendra possible une victoire chèrement acquise.

Selon les premiers renseignements bientôt glanés par la Défense Galactique, les Maahks ont jadis pu relever leur civilisation avec l'aide des véritables seigneurs d'Andromède, les Maîtres Insulaires, constructeurs de la chaîne des transmetteurs géants. Et ils sont désormais prêts, pour le compte des Maîtres, à lancer sur la Voie Lactée une vague d'invasion sans précédent.

Afin de mieux évaluer l'ampleur des préparatifs ennemis, Allan D. Mercant, responsable de la Défense, envoie au cœur du dispositif maahk cinq agents atteints d'une incurable maladie, la peste cristallisante du Centre. Le commando terranien est démasqué et Grek-1, chef de la future flotte d'assaut des Méthaniens, fabrique des sosies quasi parfaits des cinq hommes grâce à un multiduplicateur. À un détail près : ils sont guéris et n'ont plus aucun souvenir du mal qui les condamnait à brève échéance…

Mai 2401 : de retour dans la Voie Lactée et malgré les soupçons d'Atlan qui ne pourra empêcher leur fuite, les « doublons » installent dans la Galaxie un disrupteur d'impulsions grâce auquel tout navire arrivant par la route des transmetteurs pourra surgir n'importe où, sans avoir à émerger de l'Hexagone des Géantes Bleues. Une fois éliminée la « cinquième colonne » des Méthaniens, le Lord-Amiral lance dans la bataille deux des agents les plus exceptionnels de l'Organisation des Mondes Unis : les jumeaux Woolver, les Coureurs d'Ondes. Ce sera un échec : Tronar, fait prisonnier à bord du vaisseau amiral maahk, est soumis au multiduplicateur tandis que Rakar est le seul à rentrer sain et sauf.

Inquiété par l'intrusion du mutant à bord de son navire, Grek-1 hésite à envoyer le signal déclenchant l'invasion de la Galaxie et monte une machination pour expédier le doublon de Tronar auprès des Terraniens. En vain : sans en avoir conscience, l'imposteur sera vite démasqué. Peu après, les Méthaniens reçoivent un faux message de leur espion, annonçant qu'ils peuvent bloquer le transmetteur de Kahalo, et Grek-1 rappelle aussitôt ses agents. Mais c'est Rakar Woolver qui, déterminé à se venger, rallie le navire maahk à la place du doublon de son frère et commence par détruire le disrupteur d'impulsions. Les unités des Méthaniens se matérialisent le 19 mai 2401 dans l'Hexagone du Centre galactique mais, incapables de se libérer du piège gravitationnel, plongent toutes au sein des étoiles géantes. Après avoir si bien endommagé le vaisseau géant maahk qu'il ne peut plus manœuvrer, le Chrystallien regagne le *Krest II* avec son frère « ressuscité » à l'issue d'un étrange périple transtemporel, alors que son doublon se désintègre.

Juin 2402 : déployant une ruse stratégique, Perry Rhodan ouvre à ses plus anciens et plus redoutables ennemis le passage via le transmetteur solaire géant. Quatre-vingt mille navires de guerre vont ainsi plonger vers le Grand Abîme intergalactique, à destination du Système des Jumeaux où ils doivent se retrouver exilés sans espoir de retour. Leur vrai destin s'avérera bien pire : l'armada akonide y sera impitoyablement balayée par les escadres des Maahks qui s'y sont massées…

L'échec de l'invasion a été tellement cuisant que Grek-1 ne se sent plus lié aux Maîtres Insulaires et indique au Stellarque un système planétaire proche d'Andromède qui, abritant un transmetteur stellaire abandonné, pourrait constituer un avant-poste idéal aux marches de la Nébuleuse. Deux soleils escortés par trente mille astéroïdes qui sont les seuls vestiges d'une planète géante autrefois détruite, Kulloch : tel est le Système Perdu où, mi décembre 2401, les Terraniens découvrent qu'un des plus gros fragments errants est creux et abrite des Maahks mutants foncièrement hostiles. Le planétoïde renfermant la station régulatrice du transmetteur se révèle entouré d'un écran protecteur inviolable qu'une chaloupe du *Krest III* franchit tout de même pendant les combats contre les Méthaniens mutants… pour resurgir à de dix mille ans dans le passé, à la veille de l'offensive punitive des Maîtres contre les habitants de Kulloch, qui auraient désobéi et failli à leur mission. Tentant l'impossible pour éliminer le maximum d'unités ennemies, L'Émir entre dans la légende et la mémoire embrumée des Maahks survivants, sous le nom de « Celui-qui-sème-partout-la-mort » ! Hélas, il ne pourra empêcher la destruction de la planète géante.

Grâce à une action transtemporelle téméraire de

Rakar Woolver, les exilés du passé réintègrent leur époque et les Méthaniens mutants, reconnaissant le mulot-castor comme leur héros mythique, font alliance avec les Terraniens qui se lancent dans l'aménagement de leur nouvelle base avancée et mobile : Troya, le plus gros des planétoïdes né de l'explosion de Kulloch, a été aménagé en un redoutable satellite secret dont les entrailles dissimulent cinq supercroiseurs, et il constitue l'atout majeur dans le plan d'infiltration échafaudé par Perry Rhodan avec l'aide du Maahk Grek-1.

Le 2 juillet 2402, Troya plonge via le transmetteur stellaire vers la galaxie naine Androbéta, proche d'Andromède. Mais la micronébuleuse est défendue par des gardiens aussi énormes qu'implacables : les Mobys, des êtres vivants anorganiques de quatorze mille kilomètres de long sur cinq mille de diamètre, qui se nourrissent d'énergie, s'en procurent en convertissant la matière et sont capables d'anéantir des systèmes stellaires entiers ! Le satellite est « avalé » par un de ces léviathans dont les « défenses immunitaires » s'en prennent aux intrus que sont les humains. Ceux-ci sont contraints de s'allier à des bioparasites qui cherchent à contrôler le Moby : son cerveau détruit, le monstre meurt et Troya peut en ressortir.

Alors que le *Prométhée III* repart vers le Système Perdu, le *Krest II* explore la planète glacée Céladon-VII qui s'avère hélas inadaptée pour l'implantation d'un avant-poste car elle est infestée de cristaux hypnotiques… L'ultracroiseur rencontre ensuite un Moby mort et se fait happer à l'intérieur : le Stellarque et ses compagnons se retrouvent prisonniers des Deux-Nez, des humanoïdes dotés d'un œil unique et de deux trompes préhensiles se rattachant de chaque côté de leur tête. Ces êtres, jadis déportés de la Nébuleuse par les Maîtres Insulaires et affectés à la garde d'Androbéta, se divisent en trois castes selon la couleur blanche, bleue ou rouge de leurs appendices.

Mais il y a quelque chose de pourri au royaume des Deux-Nez... Les individus à trompes rouges dirigent grâce à la mainmise sur l'énergie ; les Nez-Blancs, opprimés et méprisés, sont chargés de l'élevage des bioparasites nourriciers ; et les Nez-Bleus constituent la force policière répressive de cette société aux castes bien arbitraires – car les trompes sont peintes et il n'y a donc rien de naturel dans une telle stratification ! Expédiés chez les esclaves et destinés aux travaux forcés, les Terraniens en bien fâcheuse posture vont découvrir l'existence d'un camp de hors-la-loi et imaginer un plan basé sur la révolte des parias, afin de semer un tel désordre que la fuite leur sera alors possible.

Perry Rhodan élabore une stratégie commune avec Garko le Fort, chef des Nez-Blancs, et un chaos savamment orchestré s'installe dans l'étage intermédiaire grâce à Pohiik, le vieux leader des proscrits. Les Bleus se retournent contre les Rouges, jugés responsables, puis ils font front commun avec les Blancs pour balayer l'hégémonie des dirigeants soudain plus que contestés. Le système social stratifié a vécu. Grâce aux Terraniens, les trois chefs de castes se rencontrent enfin ; mais le Stellarque imposera Garko et son fils comme seuls et uniques gouvernants futurs avec pour mission essentielle de régler l'épineux problème des bioparasites, vraie menace endémique pour le Moby. Peu après, le *Krest II* est à nouveau opérationnel et s'en va.

Août 2402 : un convoi de ravitaillement en provenance du Système Perdu a pris position dans la micronébuleuse Androbéta et attend l'arrivée du *Krest II*.

Découvrant à proximité un Moby mort, le commandant du croiseur d'escorte *Bagalo* décide d'aller se cacher à l'intérieur du monstre intersidéral. Surprise : sous l'action des bioparasites, trois consciences distinctes sont nées de la matière cérébrale du Moby et, assumant des rôles bien partagés, cohabitent grâce à un fragile équilibre énergétique. C'est à celui-ci que s'attaquent les Terraniens capturés par les « Sœurs Stellaires » bien résolues à ne pas les laisser repartir… Peu après la sortie du croiseur enfin libéré, le Moby est pulvérisé par une colossale explosion.

Peu après, le *Bagalo* rallie le *Krest II* dans les parages du titan spatial que la nef amirale de Perry Rhodan vient juste de quitter, et auquel une puissante armada des Deux-Nez livre l'assaut sûrement à cause de la révolution dont il a été le siège. Alors que le Stellarque est hospitalisé suite à un malencontreux accident, Atlan ne transige pas et fait froidement anéantir le Moby pour éviter que ses occupants ne répandent d'informations sur ces humains qui leur ont rendu visite.

La soudaine recrudescence d'activité des Deux-Nez dans la micronébuleuse rendant le satellite secret *Troya* inapprochable, l'Arkonide se lance dans la recherche d'une planète propice à l'installation d'une base fixe car l'expédition terranienne est de plus en plus menacée. Le système d'un petit soleil rouge, Ha'lurin, s'avérera propice : sa première planète, Destroy, est une fournaise radioactive ; l'autre, Arctis, un monde de glaces éternelles d'une épaisseur considérable. Tandis que s'y s'édifie Station Louvre, le nouvel avant-poste indispensable, Atlan poursuit les opérations contre les escadres des Deux-Nez et essaie de faire croire à des agressions commises par les

Maahks d'Andro-Alpha. Une expédition de reconnaissance se prépare à rallier Destroy afin d'y éventer tout piège potentiel : mais qui donc pourrait avoir survécu et se dissimuler encore dans l'enfer de LA VILLE VITRIFIÉE… ?

# PREMIÈRE PARTIE

# LE SECRET DES LAURINS

# CHAPITRE PREMIER

Une carapace de glace de plusieurs kilomètres d'épaisseur s'était refermée. La surface d'Arctis brillait doucement sous les rayons rouges du soleil qui affleurait l'horizon. De grandes ombres étiraient les blocs gelés qui s'élevaient vers le ciel de la micronébuleuse Androbéta. Le ciel, d'un profond rouge rubis, était déjà parsemé d'étoiles. L'écharpe laiteuse de la Nébuleuse d'Andromède occupait une grande partie du firmament. La planète semblait déserte. Rien ne bougeait. Même un observateur attentif conclurait qu'Arctis, totalement gelée, n'abritait aucune vie développée. Au cas improbable où il voudrait effectuer une analyse plus poussée, les données astronomiques lui montreraient que la deuxième planète du soleil Ha'lurin décrivait une orbite elliptique extrêmement allongée autour de son astre. Arctis avait besoin de quatorze années pour effectuer une révolution complète autour de son soleil. Pendant onze ans, elle était plongée dans un hiver terrible. À sa surface, la température ne dépassait jamais moins 50 °C.

Non, il n'y avait pas de vie sur Arctis, et c'était bien ce qui avait décidé Perry Rhodan.

Loin sous la calotte glaciaire, chacun des cinq supercroiseurs galactiques était bien à l'abri dans son hangar. Les étançons des géants de l'espace reposaient sur de la roche, mais les murs et le plafond des excavations étaient creusés dans la glace. Les radiants thermiques des robots avaient réalisé une installation complète avec des couloirs de liaison entre les différentes halles des supercroiseurs.

Là, ils seraient tranquilles jusqu'à ce que l'agitation provoquée par leur arrivée dans la micronébuleuse se soit calmée. Les Deux-Nez, qui les recherchaient activement, finiraient par se lasser ou par croire que leurs mystérieux ennemis étaient repartis d'où ils étaient venus.

En ce 3 septembre 2402, un calme inhabituel régnait à bord du *Krest II*, le vaisseau amiral de l'Empire Solaire. Seuls les hommes et les officiers de garde au central continuaient de surveiller les instruments du puissant navire. À intervalles réguliers, les détecteurs enregistraient le passage d'« œufs », les unités en forme de goutte d'eau des Deux-Nez. Les habitants d'Androbéta croisaient pendant quelques heures aux alentours du système d'Ha'lurin, puis ils repartaient sans avoir enregistré quoi que ce soit de suspect.

Pour la première fois depuis son accident, Perry Rhodan se sentit totalement frais et dispos en se réveillant. Quelque chose pourtant le tracassait. Il chercha, en vain, à préciser de quoi il s'agissait. Cinq minutes plus tard, sous une douche bien chaude, il sut soudain ce qui le préoccupait inconsciemment.

La planète Destroy !

Ha'lurin avait deux planètes. Arctis, la plus extérieure, était celle où il avait décidé d'abriter ses supercroiseurs. La planète intérieure, Destroy, était tout sauf gelée. Les premières recherches, assez rapides, avaient montré qu'elle avait une atmosphère à oxygène et que sa surface avait été le théâtre d'une dévastation nucléaire totale. Ses montagnes arasées et ses mers asséchées témoignaient du drame qui s'y était déroulé. La reconnaissance avait permis de retrouver les ruines de plusieurs villes mais pas la moindre trace de vie. La radioactivité était extrêmement intense sur toute la planète. Destroy n'était pas une cachette convenable.

Vraiment pas ?

Le Stellarque se sécha fébrilement. Le « cas Destroy » ne le laissait plus en repos.

Que savaient-ils vraiment au sujet de cette planète ? Pas grand-chose : son diamètre, 16 200 kilomètres, sa gravité, un quart de celle de la Terre, sa durée de rotation, trente et une heures. C'était à peu près tout. À part le fait que Destroy était un véritable four atomique, ils ignoraient même sa durée de révolution.

Perry Rhodan quitta sa cabine à grands pas en consultant sa montre. Vingt-quatre heures de repos, c'était bien assez. Il était temps de compléter leurs informations au sujet de Ha'lurin I.

L'officier de quart sauta sur ses pieds en voyant le Stellarque entrer.

— Rien de spécial, commandant, dit-il aussitôt en saluant. Quelques œufs se sont montrés dans les parages, mais ils sont repartis.

— Merci, capitaine Richier, remercia Rhodan. Veuillez prévenir Atlan, Icho Tolot et Kasom que je les attends dans ma cabine dans une demi-heure. Ah, j'oubliais ! reprit le Stellarque. Demandez également au colonel Rudo de venir. Ce sera tout, merci.

Perry Rhodan quitta le central aussi vite qu'il était venu et regagna sa cabine.

*
* *

Vingt-neuf minutes plus tard exactement, le lieutenant L'Émir apparut soudain dans la cabine du Stellarque.

« Apparut » était bien le mot qui convenait. Le mulot n'était pas simplement entré par la porte, comme tout le monde l'aurait fait. Il était sorti du néant. Téléporteur surdoué, L'Émir était aussi un télékinésiste et un télépathe hors pair. Perry Rhodan le connaissait depuis si longtemps qu'il n'aurait pas dû s'étonner de son apparition, mais c'est pourtant ce qui arriva.

— Toi… ? Je croyais que tu dormais.

— J'essayais, dit le mulot en s'asseyant au bord de la couchette de Rhodan, mais j'ai surpris tes pensées au moment où tu pensais à Destroy. Tu prépares une expédition de reconnaissance avec les deux « mammouths » et tu as même pensé à moi, n'est-ce pas ?

Le Stellarque rit.

— Il vaut mieux pour toi que les « mammouths » ne t'entendent pas, petit ! Va encore pour Kasom, mais Icho Tolot pourrait avoir envie de s'amuser un peu avec toi.

L'Émir grimaça un sourire en découvrant son incisive, d'une blancheur éclatante.

— Qu'il essaie ! lança-t-il d'un ton de défi. Ce ne sont pas les muscles qui comptent, mais le cerveau !

— Alors, n'oublie pas que Tolot a une longueur d'avance sur toi, puisqu'il a deux cerveaux, lui rappela Rhodan.

Comme par hasard, le vibreur de la porte retentit juste à ce moment.

— Entrez ! dit le Stellarque qui attendait ses visiteurs.

En courbant la tête, l'un des « mammouths » entra dans la cabine. Kasom, qui ne mesurait « que » deux mètres cinquante, se glissa à la suite du géant d'Haluta. Atlan fermait la marche. Le spécialiste de l'O.M.U., toujours aussi direct, pointa un index accusateur vers le mulot.

— Qu'est-ce que le petit vient faire ici, commandant ? s'étonna-t-il en saluant.

Le sourire du mulot disparut.

— Tu oublies que la taille du cerveau est souvent inversement proportionnelle au poids, mon gros ! répliqua-t-il.

— Vous ne trouvez pas qu'il est vraiment trop insolent ? dit Kasom à Tolot.

— Il est bien comme il est, constata simplement le Halutien de sa formidable voix de basse.

— Je me fais du souci au sujet de la première planète d'Ha'lurin, enchaîna Rhodan sans leur laisser le temps de poursuivre. Nous n'en savons pas assez au sujet de Destroy pour que je me sente vraiment à l'abri ici, sur Arctis. J'ai besoin de savoir ce qui s'est vraiment passé dans cet enfer radioactif.

— L'*Imperator* est à ta disposition, rappela Atlan.

— Je préférerais prendre une chaloupe. Nous serons plus discrets et nous n'avons pas besoin de forces considérables, répondit Rhodan. Je compte seulement partir avec Kasom et Tolot, L'Émir et Wuriu Sengu. Avec trente hommes bien entraînés, cela devrait suffire. Toi, tu assures le commandement en mon absence. D'accord ?

— Je me méfie toujours de ta soif d'aventure, rappela l'Arkonide, mais je crois que tu as raison. Nous ne serons vraiment tranquilles sur Arctis que lorsque nous serons sûrs qu'il n'y a rien de dangereux sur Destroy.

— Bien, les choses sont donc claires, conclut le Stellarque. Cette expédition est indispensable, d'autant plus que quelque chose me dit que Destroy nous menace…

Là encore, comme souvent, les événements allaient montrer que Perry Rhodan avait raison de se fier à son intuition.

*
* *

La chaloupe *C-17* attendait dans l'immense hangar de glace, posée à côté de l'énorme masse du *Krest II*. Avec ses soixante mètres de diamètre, c'était déjà un beau petit navire, mais elle paraissait minuscule à côté du supercroiseur, dont le pôle supérieur disparaissait à près de deux kilomètres d'altitude. Le commandant de la chaloupe, le major Huett, attendait l'arrivée du Stellarque et de ses compagnons. Tout en haut du hangar, à la surface d'Arctis, les robots étaient prêts à percer les derniers mètres du tunnel qui permettrait à la *C-17* d'échapper au sarcophage de glace de l'expédition.

Un glisseur descendait de l'un des hangars situés au-dessus de la couronne de propulseurs du *Krest II*. À l'intérieur, Perry Rhodan donnait ses dernières instructions à Atlan :

— Si tu n'as aucune nouvelle de nous au bout de trois jours, c'est que nous serons en danger. Nous ne pourrons pas émettre sur hyperondes. Le risque d'être détectés est trop important. Il faudra que tu viennes nous chercher avec l'*Imperator*.

Le glisseur se posa au pied de la passerelle de la

chaloupe et le Stellarque prit congé d'Atlan. L'Émir attendait impatiemment Rhodan.

— Tu es le dernier, les mammouths sont déjà là.

Quand ils arrivèrent au central du petit navire, le major Huett leur confirma qu'il ne restait plus qu'une couche de dix mètres de glace à vaporiser. Perry Rhodan donna aussitôt l'ordre de décoller.

Quelques secondes plus tard, six kilomètres plus haut, la chaloupe jaillit dans l'atmosphère d'Arctis.

Il faisait nuit, mais la lumière de la Nébuleuse, toute proche, faisait danser de pâles lueurs sur le manteau de glace de la planète. Les détecteurs de la chaloupe étaient silencieux.

— Tout à l'air calme, dit Rhodan au major Huett, mais accélérez quand même le plus vite possible pour plonger.

— Vous voulez passer en vol linéaire, commandant ? s'exclama Huett.

— Oui. C'est dangereux, mais nous n'avons pas de temps à perdre, confirma Rhodan.

Donnant toute sa puissance, le petit navire s'éloigna dans l'espace et, contournant Arctis, se retrouva rapidement face au soleil. Par précaution, la précision des calculs des coordonnées pour la plongée avait été poussée au dix-millionième. Le cerveau P allait devoir recalculer ses données plusieurs fois, mais la moindre erreur risquait d'être fatale.

La *C-17* franchit le seuil de la vitesse de la lumière.

Après dix minutes de vol hyperluminique, laissant derrière elle la tache floue du soleil d'Ha'lurin, la chaloupe commença à ralentir. Les étoiles reparurent soudain. Destroy, leur objectif, se trouvait très près, au milieu de l'écran frontal.

Le major Huett fit plonger la chaloupe vers la face

éclairée de la planète. Les détecteurs travaillaient sans interruption. Le plus étonnant était que Destroy ait conservé son atmosphère. Sans radioactivité, l'air aurait été parfaitement respirable. L'intensité des radiations était telle que, sans spatiandre, un homme normal aurait succombé en cinq ou six heures.

La chaloupe survolait rapidement la surface, à quelques kilomètres d'altitude. Destroy avait été comme aplanie par un bulldozer géant. Aucune montagne, aucun ravin ne venait rompre les ondulations monotones du paysage.

Les premières ruines apparurent à l'horizon. Rhodan fit signe au major de ralentir l'allure. La chaloupe se rapprocha du sol.

— Ce devait être une très grande ville, fit remarquer Kasom, étonné.

Le Stellarque se contenta de hocher la tête.

En fait, il était excessif de parler de ruines au sujet de la ville qui s'étendait sous leurs pieds. Sur plusieurs kilomètres carrés, on pouvait tout juste distinguer le tracé rectiligne de quelques avenues, encadrant de vastes monticules arrondis. En périphérie, la ville se fondait avec le désert.

— Mais qu'est-ce qui s'est passé ? s'exclama à voix basse le major.

— C'est exactement ce que nous devons découvrir, affirma Rhodan. À défaut de survivants, nous trouverons sûrement quelques indices.

L'Émir avait également l'air grave.

— Je trouve tout cela déprimant, dit-il. Où que nous allions, ce sera partout le même spectacle de désolation. Il n'y a donc aucune civilisation qui puisse se passer de la guerre ? Les animaux, eux, ne tuent que quand ils ont faim ou quand ils sont menacés. On a l'impression que les êtres développés tuent parce que cela les amuse ! Regardez, il n'y a plus rien ici. J'espérais vaguement qu'Andromède nous réserverait quelques bonnes surprises, mais non. Tout est comme dans la Voie Lactée…

Perry Rhodan se retourna et posa la main sur l'épaule du mulot.

— Nous en avons déjà parlé, petit, lui rappela-t-il. Ce qui s'est passé ici ne peut que nous encourager à être sans cesse meilleurs. Ce n'est pas facile, et je ne sais pas si nous y arriverons, mais il faut essayer. Nous aussi, nous tuons parce que nous sommes menacés. La seule différence avec les animaux, c'est que nous planifions nos destructions et que certains peuples ne s'arrêtent que lorsqu'il ne reste plus rien à anéantir. C'est ce qui s'est passé ici. Je suis prêt à parier que les habitants de Destroy ne se sont pas exterminés eux-mêmes. L'ennemi est venu de l'espace et la planète n'a pas eu le temps de se défendre…

— Qu'est-ce qui vous fait dire ça, commandant ? s'étonna Kasom.

— C'est très simple, Melbar. Les villes ont toutes été anéanties de la même façon, rapidement, par des armes de même puissance. Il y a eu ici un agresseur, un seul, et il est venu de l'espace.

— Oui, admit Kasom, cela paraît logique. Et qui aurait pu attaquer Destroy, à votre avis ? reprit-il après un instant de réflexion.

— Je n'en sais rien, dit Rhodan en haussant les épaules. Nous aurons sûrement moins de mal à découvrir ce qu'ils étaient venus détruire. Nous allons effectuer un nouveau survol de la planète, major, dit le Stellarque au commandant de la chaloupe.

— À vos ordres, acquiesça Huett.

Le silence retomba dans la petite salle.

La ville avait disparu depuis une dizaine de minutes quand l'un des scientifiques leur apporta la première analyse détaillée des enregistrements.

— Vous avez trouvé quelque chose de nouveau, Berger ? demanda Rhodan en le voyant entrer.

— Oui, commandant, la moisson est plus intéressante que prévu. Je vous ai juste amené le rapport de conclusion.

Le Stellarque parcourut les quelques lignes inscrites sur le plastopapier et releva la tête, l'air étonné.

— Trois cents ans, vous dites ?

— Un peu moins même, commandant.

Perry Rhodan paraissait songeur.

— C'est tout récent. Pour plusieurs d'entre nous, c'est même un événement contemporain… À cette époque-là, nous venions tout juste de découvrir le vol linéaire. Pour la première fois, nous nous sommes approchés du Grand Désert intergalactique, des franges de la Voie Lactée.

La voix du Stellarque avait une tonalité si étrange que Kasom lui demanda :

— Vous en parlez comme s'il y avait un rapport entre Destroy et l'Empire à cette époque-là, commandant…

— Non, je n'ai rien dit de tel, affirma Rhodan. C'est une coïncidence, c'est tout. Au moment où nous faisions nos premiers pas vers Andromède, Destroy a été détruite. Je ne fais que le constater, ajouta le Stellarque en reprenant la lecture du rapport. Le rayonnement résiduel est fort, très fort même. En surface, du moins, reprit-il après une courte pause.

— Nos investigations ne sont pas encore terminées, précisa le scientifique. Dès que nous nous serons posés, je pense que nous pourrons déterminer précisément le type d'armes utilisé par les agresseurs.

— Merci, Berger. Nous n'atterrirons que dans deux heures. Profitez-en pour vous reposer un peu, conseilla Rhodan à l'ingénieur.

— Trois cents ans, dit Kasom une fois que Berger eut quitté le central. Et depuis tout ce temps-là, la planète continue à rayonner comme un morceau de cobalt radioactif ! Quel que soit l'agresseur, il n'est sûrement plus là. Quant aux habitants de Destroy, ils ne devaient pas être si inoffensifs que ça.

— Je ne suis pas d'accord, Melbar, corrigea Rhodan. Si les Destroyans avaient été vraiment dangereux, ils ne se seraient pas laissés surprendre de la sorte.

La chaloupe continuait à progresser rapidement au-dessus de la planète. Partout, le spectacle était le même. Les mers asséchées succédaient aux étendues désertiques. Destroy était un règne minéral et mort, figé pour l'éternité.

Lorsque la grande ville suivante apparut sur les écrans, Perry Rhodan donna l'ordre d'atterrir.

*
* *

Les étançons télescopiques s'enfoncèrent profondément avant de trouver un appui solide. Le sol était recouvert d'une couche de cinq mètres de sable et de poussière radioactive.

Une fois la chaloupe stabilisée, Perry Rhodan s'adressa à l'ensemble de l'équipage :

— Tout indique qu'il n'y a plus aucune vie sur cette planète, mais nous maintenons tout de même les consignes de sécurité maximum. Je vais effectuer une première reconnaissance avec cinq hommes. Si tout se passe bien, les équipes scientifiques pourront nous rejoindre. D'ici là, l'état d'alerte maximale est maintenu à bord. En cas d'attaque, le major Huett a ordre de décoller immédiatement.

Perry Rhodan coupa l'intercom.

— Vous êtes peut-être trop prudent, commandant, dit Kasom, mais je n'ai jamais entendu dire que ce soit un désavantage. Qui emmenez-vous ?

— Vous, bien sûr, avec Tolot, Sengu et L'Émir. Quant au cinquième, eh bien pourquoi ne prendrions-nous pas un pilote de triscaphe ?

— Nous prenons un tout-terrain ? s'étonna Kasom.

— Vous voulez y aller à pied ? repartit Rhodan.

— Je suis pour le triscaphe, s'empressa de répondre le mulot, qui n'aimait pas trop la marche.

— Ah, ah ! s'exclama Kasom. C'est mieux pour tes petites jambes, n'est-ce pas ?

— Suffit ! coupa Rhodan. Nous prenons un triscaphe parce que *je* n'ai pas envie d'être ralenti par le sable. Nous partirons avec les spatiandres légers, de l'équipement et des provisions pour trois semaines. À moins que vous soyez volontaire pour porter tout cela à dos d'homme, Melbar ?

L'Étrusien ne dit mot, mais L'Émir lui lança un regard triomphant avant de quitter le central pour enfiler son spatiandre.

Vingt minutes plus tard le Stellarque retrouva son équipe dans la soute de la *C-17*. Le pilote, Tom Jones, avait déjà effectué le check-up complet du tout-terrain.

— Triscaphe prêt, commandant ! lança-t-il d'une voix forte en saluant le Stellarque.

Le mulot se planta devant le sergent, les bras croisés, et l'apostropha :

— Vous faites du zèle, sergent. Vous sortez tout juste de l'Académie de l'Astromarine ?

— Oui, L'Em..., mon lieutenant ! corrigea in extremis Jones.

— Un petit problème d'élocution, Jones ? s'inquiéta malicieusement L'Émir. Ce n'est pas grave, je vous pardonne. Après tout, on n'a pas tous les jours la chance de rencontrer le Sauveur de l'Univers...

Sans laisser au malheureux, qui l'observait bouche bée, le temps de répondre, le mulot passa fièrement devant lui en se dandinant.

Rhodan frappa sur l'épaule du sergent pour le ramener à la réalité.

— Si j'ai un conseil à vous donner, Jones, évitez de vous laisser impressionner par le lieutenant. Il a tendance à faire un complexe de supériorité...

Tom Jones ne savait pas trop comment interpréter le conseil de Rhodan. Finalement, il se dit qu'il était là pour piloter le triscaphe et que, pour l'instant, c'était tout ce qui comptait. Il monta le dernier à bord et vérifia la fermeture du sas. Le régénérateur d'air entra automatiquement en fonction. Comme les autres membres de l'équipe, Jones portait un spatiandre léger. Leur autonomie était inférieure à celle des spatiandres de bataille, mais ils étaient tout aussi résistants. L'écran protecteur, alimenté par le générateur placé dans une poche extraplate du dos, résistait à toutes les armes légères connues et isolait efficacement contre la chaleur et les radiations, même très intenses. Le système de régénération d'air avait une autonomie de presque cinq jours. Un petit générateur antigrav permettait de se déplacer facilement et chacun pouvait se rendre invisible grâce au déflecteur incorporé.

Perry Rhodan appela le major Huett par radio :

— Envoyez un bref compte rendu à Atlan, major. Message hypercom ultracondensé. Dites-lui également que nous lui adresserons un nouveau message dans vingt-quatre heures.

— À vos ordres, commandant. Tout est clair, assura Huett.

— À vous, sergent, dit Rhodan en faisant signe à Tom Jones d'y aller.

Calmement, le sergent pressa le bouton qui avertissait le personnel présent dans la soute de la chaloupe de son départ imminent. Le triscaphe s'éleva en bourdonnant et se dirigea vers l'un des petits sas réservés aux tout-terrains.

Porté par ses antigravs, l'engin descendit lentement vers les sables brûlés du désert de Destroy. Une fois les chenilles posées sur le sol, Jones vérifia la portance et éteignit les antigravs. Ils consommaient beaucoup d'énergie, qu'il était préférable de garder en réserve. Là où la chaloupe, avec son poids élevé, s'enfonçait, le triscaphe ou même un homme à pied trouvaient un appui suffisant.

Lentement, à trente kilomètres heure, le triscaphe s'avança vers les premiers monticules vitrifiés qui indiquaient la limite, assez floue, de la ville. En effet, quelques élévations à peine marquées montraient que des bâtiments espacés avaient dû exister également en périphérie, dans le désert actuel. La planète appartenait certainement à une civilisation très développée.

Perry Rhodan se demandait en vain à quoi ressemblaient ses habitants, qu'il aurait pu connaître. Le Stellarque était bien loin de se douter que la vérité était plus simple – et bien plus surprenante – que ce qu'il imaginait.

*
* *

Les rues étaient larges et parfaitement rectilignes.

Recouvertes de sable, elles s'étiraient à l'infini entre les collines vitrifiées, elles-mêmes recouvertes de sable. Perry Rhodan se demandait d'où il provenait. Ed Berger, le chef du groupe scientifique, trouverait peut-être bientôt la réponse.

Comme s'il avait deviné les pensées du Stellarque, Kasom fit part d'une réflexion similaire :

— Cette couche de sable nivelle tout. Pourtant, on arrive encore à déceler des différences entre les collines.

Tom Jones avait stoppé le triscaphe. Les caméras montées sur le toit du tout-terrain balayaient lentement la ville.

— Il faudrait prendre une pelle et commencer à creuser pour voir ce qu'il y a là-dessous, suggéra L'Émir.

— Vas-y, nous te suivons, proposa aussitôt Kasom.

— Hum, je ne sais pas si c'est une bonne idée, finalement, grommela le mulot. J'ai la peau si fragile que j'évite de transpirer…

— Évidemment, repartit Kasom.

— Pourtant, enchaîna Tolot, ce qui reste des bâtiments ne doit pas être loin de la surface. Quelques mètres tout au plus. Nous pourrions aller jeter un coup d'œil.

— Nous ne trouverons rien sous terre, dit Perry Rhodan au bout d'un moment. Il n'y a plus rien en surface, ni vie animale, ni végétation. Si quelqu'un avait survécu et s'abritait à l'intérieur de la planète, de quoi vivrait-il ?

— Je ne pensais pas particulièrement à des survivants, corrigea Tolot, mais à des indices qui pourraient nous renseigner sur la civilisation de Destroy. C'est bien ce que nous recherchons, n'est-ce pas ?

— Oui, vous avez raison, admit Rhodan. Nous allons faire venir une excavatrice, à moins que L'Émir ne maintienne sa proposition de travailler à la pelle…

Le mulot, la mine déconfite, ne participa pas à l'éclat de rire général.

Rhodan voulait donner le signal du départ au sergent Jones quand un appel radio arriva. C'était le major Huett.

— Nous enregistrons de multiples échos, annonça-t-il d'une voix hachée. Des navires.

— Ne bougez pas, ordonna aussitôt Rhodan. La chaloupe ne sera peut-être pas détectée.

— Et s'ils attaquent ? reprit le major.

Rhodan hésita.

— Il faut courir le risque. Si vous n'élevez pas votre écran et si vous n'ouvrez pas le feu, nous avons une chance de ne pas être détectés. Sinon, vous avez carte blanche en fonction de vos ordres. Nous nous dépêchons. Terminé.

Le soleil rouge était encore haut dans le ciel. Il ne ferait pas nuit avant sept heures au moins.

— Allez-y, sergent, ordonna Rhodan d'un geste nerveux. Nous allons essayer de nous mettre à l'abri. Restez en contact. Il vaut mieux éviter de passer en vol dès maintenant.

Le triscaphe redémarra. Ses chenilles soulevèrent deux jets de sable irradié. L'engin avançait à près de cent kilomètres heure, mais il n'alla pas loin.

*
* *

Le premier réflexe du major Huett fut d'alerter son équipage. Ses ordres lui laissant une bonne marge d'initiative, il décida de prendre une mesure supplémentaire. Les premiers échos, un groupe d'une dizaine de navires, semblaient se diriger tout droit vers la chaloupe. Le major fit regrouper tout ses hommes, en spatiandre et armés, dans le hangar inférieur. Quand tout le monde fut rassemblé, il ouvrit le sas de la soute.

Ed Berger, inquiet, l'appela.

— Qu'est-ce que cela veut dire ? s'étonna-t-il. Nous n'allons pas nous défendre ?

— Nos ordres sont de rester passifs, expliqua le major. Nous n'avons aucun intérêt à attirer l'attention sur le système d'Ha'lurin. Qui sait combien de navires se trouvent à proximité ? S'ils ouvrent le feu, le hangar est l'endroit le plus sûr. Moi, je reste au central.

— Excusez-moi, major, mais tout ça ne me paraît pas très logique, objecta Berger.

— Je partage votre avis, mais nous n'avons pas le choix, Ed. Si ce sont bien des Deux-Nez, ils repartiront peut-être en croyant que la *C-17* est abandonnée.

— Allons, soyons sérieux, même les Deux-Nez ne tomberont pas dans le panneau !

— Nous allons vite être fixés. Ils ne sont plus qu'à dix kilomètres. Préparez-vous, conclut le major en coupant la communication.

Les yeux fixés sur les écrans, le commandant de la chaloupe amorça les dispositifs de défense et attendit, les mains posées sur son pupitre. Les dix unités n'avaient pas la forme habituelle des « œufs » des

Deux-Nez. Nettement plus petites, elles étaient sphériques et piquaient droit sur eux. La sueur perlait sur le front du major, qui se demandait s'il avait bien fait de suivre les ordres de Rhodan. Il se rassura en se disant qu'il n'était pas trop tard. Il lui suffisait d'appuyer sur une touche de son clavier pour transformer la chaloupe en une forteresse crachant le feu.

Un appel radio arriva :

— Ici Rhodan, où en êtes-vous, major ?

— Ils vont attaquer, commandant. Ce ne sont pas des Deux-Nez.

— Bon, s'ils vous ont découverts, vous n'avez plus de raison de faire le mort. Enclenchez vos écrans.

Le major, qui n'avait pas quitté l'escadrille ennemie des yeux, la vit se scinder en deux groupes. Il transmit l'ordre de riposte automatique. Le cerveau P réagit au moment où les cinq premières unités ouvrirent le feu. Les écrans brillèrent et les systèmes de poursuite des radiants lourds libérèrent la riposte de la chaloupe. Un peu trop tard. Trois des cinq petites sphères s'étaient précipitées sur l'écran, explosant dans une gerbe d'énergie pure. Sollicités simultanément par les radiants et les écrans, les générateurs ne purent fournir le surcroît d'énergie nécessaire pour maintenir le bouclier. La chaloupe n'était plus protégée.

Le tout n'avait duré que quelques secondes, pendant lesquelles le major Huett avait réfléchi fébrilement. Nettement plus importante en taille que les unités ennemies, la chaloupe paraissait ne rien avoir à craindre. Pourtant, quel adversaire aurait été assez fou pour l'attaquer comme le faisaient les cinq sphères, directement et sans couverture ? Huett comprit qu'il avait sans aucun doute sous-estimé les petites sphères, qui mesuraient à peu près cinq mètres de diamètre. Il se leva d'un bond et se précipita vers le puits antigrav qui menait à la soute inférieure.

Le deuxième choc survint quand le major entra dans la soute. L'un des étançons avait dû être touché. La chaloupe bascula sur le côté. Les hommes, furieux de s'être laissés coincer de la sorte, s'en prenaient ouvertement aux ordres.

Huett s'accrocha instinctivement à un pilier. Le sol de la soute s'était transformé en un toboggan qui descendait directement vers le désert radioactif.

— Major, ici Rhodan !

— Je vous entends, commandant, répondit Huett, essoufflé.

— Que se passe-t-il ?

— La chaloupe est touchée. Ils devaient savoir que nous étions là.

— Impossible ! Vous êtes sûr que vous ne vous êtes pas découvert trop tôt ? lança Rhodan, tendu.

— Certain, commandant. Nous allons devoir évacuer.

— Allez-y et abritez-vous dans les ruines. J'espère que la manœuvre va réussir.

— Quelle manœuvre, commandant ?

— Je vous expliquerai plus tard, major. Dépêchez-vous, le pressa Rhodan.

La mort dans l'âme, conscient d'avoir perdu la chaloupe pour rien, le major avertit ses hommes.

— Nous évacuons, lança-t-il sur le canal d'urgence. Chacun pour soi. Nous nous regrouperons plus tard autour du triscaphe.

L'un après l'autre, les hommes se laissèrent glisser vers le désert. Seul avantage de la situation, les écrans, qui avaient sauté dès le début de l'attaque, n'étaient plus un obstacle.

Le major Huett se laissa glisser parmi les derniers. Il attendit que tout le monde fût sorti et courut à son tour vers la ville en ruine. Du coin de l'œil, il vit les quatre dernières sphères se précipiter à nouveau vers la chaloupe. Deux d'entre elles explosèrent, mais les dernières parvinrent jusqu'à la coque.

Le souffle de l'explosion projeta le major sur le sable, mais il se releva et cria aussitôt :

— Enclenchez vos antigravs !

D'un coup de talon, il s'éleva dans les airs à plusieurs dizaines de mètres. La vague de chaleur les submergea, mais leurs spatiandres l'absorbèrent sans difficulté. Le major n'osait pas se retourner, redoutant de voir d'autres boules les poursuivre. Mais non, il leur suffisait apparemment d'avoir détruit la chaloupe, le seul moyen qu'ils avaient de quitter Destroy…

Le major avait pris la tête du petit groupe. Le silence des trente hommes en disait long quant à leur écœurement. Comment avaient-ils pu se laisser avoir par un adversaire aussi dérisoire ? En son for intérieur, le major Huett ne pouvait pas leur donner tort.

Quelques minutes plus tard, ils aperçurent un point noir au-dessous d'eux. Le triscaphe du Stellarque.

Perry Rhodan les attendait.

— Vous avez des pertes, major ? s'inquiéta-t-il aussitôt.

Pour le Stellarque, la mort d'un seul homme était toujours plus importante que la destruction d'une unité. Même si elle coûtait quatre millions de solars, la chaloupe pourrait toujours être remplacée.

— Aucune, commandant, mais la chaloupe…

— Dieu merci, soupira Rhodan. Quant à la *C-17*, son sacrifice n'aura peut-être pas été vain. Notre adversaire doit être tranquillisé, maintenant. Avez-vous des précisions concernant les unités qui vous ont attaqué, major ?

— Ce n'étaient pas des Deux-Nez, commandant. C'étaient de petites sphères de cinq mètres de diamètre.

Interdit, le Stellarque s'étonna :

— D'où viennent-ils alors, si ce ne sont pas des Deux-Nez ?

— Je n'en sais rien, avoua Huett, mais il y a autre chose. Leur attaque était extrêmement inhabituelle. Ils se sont précipités sur nous sans se soucier de leur propre sécurité, comme s'ils se moquaient de leurs pertes.

— Ah oui ? releva Rhodan, l'air intéressé. Cela complique les choses…

Le Stellarque se souvenait parfaitement de la guerre des Invisibles et de la lutte des Bioposis qui, bien qu'étant des robots, affirmaient être « la vie réelle », contre les Laurins.

— Que voulez-vous dire ? s'inquiéta Huett.

— Eh bien, cela semble indiquer que vous avez eu affaire à des unités robotisées, affirma Rhodan.

— Des robots ? lança le major, incrédule.

— Nous verrons bien, poursuivit le Stellarque. La plupart d'entre eux ont été abattus. Je vais y jeter un coup d'œil avec quelques techniciens. Vous, major, restez ici avec le triscaphe. Essayez de nous creuser un abri, dans l'intervalle.

Accompagné par Ed Berger et quelques hommes, Rhodan partit vers le désert. Ils n'eurent aucun mal à retrouver des débris de sphères. Les techniciens se mirent au travail. Au bout d'une dizaine de minutes, Ed Berger revint vers le Stellarque.

— Nous n'avons pas les instruments qu'il nous faudrait, commandant, mais nous sommes sûrs qu'il s'agit d'un alliage inconnu. C'étaient bien des navires robots. Le générateur, les armes et la positronique sont miniaturisés et remarquables, mais rien ne nous indique d'où ils pourraient provenir.

— Rien d'autre ?

— Non, commandant.

— Bien, comme nous ne pouvons plus rien récupérer de la chaloupe, il ne nous reste plus qu'à rentrer, dit Rhodan.

L'équipe du major Huett s'était attelée à la tâche. L'abri, creusé au pied d'un tumulus de ruines, prenait forme. Le Stellarque y rejoignit le major.

— Nous n'allons pas nous contenter d'un simple abri, major. Il faut que vous nous fassiez un vrai camp retranché. On ne sait jamais ce qui peut se passer pendant les trois jours qui viennent.

— Il y a un émetteur hypercom dans le triscaphe, rappela Huett. Ne pensez-vous pas que nous devrions alerter Arctis dès maintenant, commandant ? suggéra-t-il.

— Les robots et ceux qui les dirigent doivent être persuadés que nous sommes morts, major. Je ne crois pas que ce soit le moment de les détromper, n'est-ce pas ? Pendant que vous terminez notre camp, nous allons explorer la ville. Je laisse Icho Tolot avec vous, major. Bon courage.

Le triscaphe, toujours piloté par Tom Jones, repartit avec Rhodan, L'Émir, Wuriu Sengu, Kasom et Ed Berger. Pour gagner du temps, le sergent enclencha les antigravs. Le tout-terrain, glissant rapidement à quelques centimètres du sol, se dirigea vers le centre de la ville.

Les yeux mi-clos, Perry Rhodan ne quittait pas l'écran frontal des yeux. La lumière orangée du soleil était fatigante. Malgré sa curiosité, le Stellarque commençait à regretter d'être venu sur Destroy avec si peu de moyens. Les hommes de la chaloupe avaient eu de la chance. Si leur adversaire attaquait à nouveau, il y aurait forcément des pertes…

— On dirait que la couche de sable est moins épaisse par ici, commandant, vous avez remarqué ? dit Jones. On a même l'impression que certaines entrées de blocs ont été dégagées.

— C'est le vent, répondit Ed Berger, voyant que Perry Rhodan restait silencieux. Qui pourrait avoir intérêt à dégager les ruines ? Il n'y a personne.

— À votre place, je serais moins affirmatif, Berger, rétorqua Rhodan. Si vous regardez bien, vous verrez que le sable est surtout repoussé dans une direction, celle des vents dominants. Près des entrées, par contre, les tas de sable sont répartis régulièrement. C'est donc que quelqu'un les a transportés…

— Ceux qui ont attaqué la chaloupe, par exemple, suggéra Kasom.

— Pourquoi pas ? confirma le Stellarque. En tout cas, ceux qui ont fait ça voulaient pénétrer dans les ruines. Qu'est-ce que vous en dites, Sengu ? ajouta-t-il en se tournant vers le mutant.

Un sourire joua sur les lèvres du « voyant X », l'un des tout premiers membres de la Milice, qui bénéficiait aussi de l'immortalité conférée par les activateurs distribués par le maître de Délos. Ses facultés paranormales lui permettaient d'agir sur les ondes de la quasi-totalité du spectre électromagnétique, si bien qu'il pouvait voir à travers n'importe quelle épaisseur de matière, pourvu qu'une source de rayonnement se trouve derrière.

— Je préférerais que l'on s'arrête afin que je puisse me concentrer, commandant, demanda Sengu.

Jones s'arrêta dès que Rhodan lui fit signe. Ils étaient au milieu d'une imposante avenue qui s'étendait, telle une vallée de sable, entre deux hautes collines. La base de celle qui se trouvait sur leur droite avait été partiellement dégagée. Quelques murs vitrifiés surgissaient de la dune.

— Je n'y vois pas très bien, dit le mutant au bout d'un moment. Il y a de grandes salles sous la colline, mais elles ne sont pas éclairées.

L'Émir était impatient d'entrer en action.

— Si tu me guides, Wuriu, je peux y aller, proposa-t-il.

— Pour l'instant, tu ne bouges pas d'ici, lui ordonna Rhodan.

Le mulot allait protester quand le récepteur radio bourdonna. Une voix précipitée, rendue presque incompréhensible par des parasites, s'éleva :

— Les boules, elles reviennent ! Elles se préparent à nous attaquer… Commandant, vous m'entendez ?

Perry Rhodan se tourna aussitôt vers le sergent et pointa l'index vers le ciel. Le triscaphe monta à la verticale et accéléra de toute sa puissance pour rejoindre l'abri où ils avaient laissé l'équipage de la *C-17*.

## CHAPITRE II

Cinq minutes plus tôt, le major Huett avait décidé de faire creuser une tranchée entre leur abri et le tumulus le plus proche. En cas d'attaque, il leur offrirait une voie de repli.

Le major était heureux de pouvoir compter sur l'aide de Tolot. Avec sa gaieté coutumière, le Halutien s'était mis au travail avec un désintégrateur lourd, progressant à toute allure dans le sol. Derrière lui, deux hommes durcissaient les parois au radiant. Pour supporter la température, Icho Tolot avait procédé à une légère transformation moléculaire de son organisme. Ni la chaleur ni les radiations mortelles ne paraissaient le gêner. Par chance, les Halutiens, l'un des plus vieux peuples de la Galaxie, étaient pacifiques. S'il en avait été autrement, aucune civilisation, fût-ce l'Empire Solaire, n'aurait pu s'opposer à eux. La nature les avait dotés de facultés qui les rendaient pratiquement invulnérables. Les plus puissants guerriers de l'Univers…

Les hommes avaient dû se reculer à l'extrémité de l'abri. La lueur aveuglante du désintégrateur s'éloignait rapidement d'eux. Le major se demandait s'il avait raison de prendre les ordres du Stellarque au pied de la lettre. Ils étaient bien en train de creuser

« un vrai camp retranché », mais le dégagement d'énergie risquait d'attirer des importuns…

Les craintes du major s'avérèrent malheureusement aussitôt fondées. Les deux gardes qu'il avait postés à l'extérieur donnèrent l'alarme. Tolot, qui avait entendu l'appel, revint aussitôt vers l'ouverture de l'abri, modifiant le réglage du désintégrateur.

Cinq boules, formées en triangle, approchaient rapidement par l'est. C'étaient les mêmes que celles qui avaient détruit la chaloupe. Huett fit avertir Perry Rhodan, mais l'agitation de la petite troupe s'avéra inutile.

Les cinq boules survolèrent la position sans réagir et s'éloignèrent quand le triscaphe apparut.

— Ed Berger nous fait de grands signes, commandant, annonça Tom Jones, qui observait l'abri sur son écran.

— L'Émir, va voir ce qu'il veut, ordonna Rhodan.

Moins d'une seconde plus tard, le mulot se rematérialisait près du chef de l'équipe scientifique.

— Qu'est-ce qui vous arrive, Berger, ironisa-t-il, vous avez vu un fantôme ?

— Non, lieutenant, répliqua sèchement l'ingénieur. Les boules nous ont soumis à des radiations de faible intensité. Apparemment, elles ne sont pas dangereuses, mais cela m'inquiète quand même.

— J'ai entendu, petit, annonça Rhodan depuis le poste de commande du triscaphe. Je ne comprends pas, Berger, reprit-il. Vous n'avez pas pu déterminer de quel type de rayonnement il s'agit ?

— Non, malheureusement, commandant, expliqua le physicien. Cela paraît absurde, mais je n'y comprends rien.

Le Stellarque avait beau retourner le problème sous

tous les angles, il ne réussissait pas à trouver un sens à l'attitude des robots. Si les boules étaient soumises à un contrôle positronique, elles devaient pourtant bien agir selon une logique déterminée. Ce rayonnement devait avoir un sens. S'il était inoffensif pour des organismes humains, il était sûrement dangereux pour un autre type d'adversaire, mais lequel ?

— Les boules reviennent, commandant, annonça Huett. Nous ouvrons le feu ?

— Non, attendez, major. Tant qu'elles ne... D'ailleurs, elles font déjà demi-tour.

Après avoir balayé le camp une nouvelle fois avec leur étrange champ, les boules s'éloignèrent en effet rapidement. Le triscaphe se posa et Rhodan rassembla toute l'équipe scientifique autour de lui.

— Berger, essayez de résoudre le mystère de ce rayonnement. N'oubliez pas qu'il est probablement destiné à identifier ou à nuire à des organismes différents du nôtre. J'ai l'impression que les boules sont en quelque sorte des « veilleurs » chargés d'identifier et d'éliminer une certaine forme de vie. N'oubliez pas de prendre en compte dans vos calculs le fait qu'elles ont attaqué sans hésiter la chaloupe.

L'un des membres de l'équipe, un homme corpulent que ses insignes désignaient comme un physicien, sortit du groupe et se plaça devant Berger.

— Commandant, j'ai déjà réfléchi à une théorie qui prend en compte tous ces éléments, affirma-t-il.

— Eh bien, Fuxan, dit Rhodan en déchiffrant le nom de l'homme sur son spatiandre, nous vous écoutons.

— Souvent, la logique peut nous permettre d'aller plus loin que les résultats d'expérience, lança le physicien en guise d'introduction. Puisque nous avons été attaqués par des robots, pourquoi ne pas admettre qu'ils s'en sont également pris à des robots et non à des êtres organiques ? Le rayonnement pourrait être seulement destiné à inhiber certaines fonctions motrices, ce qui expliquerait pourquoi nous ne sommes pas atteints.

— Absurde ! s'exclama Berger.

— Attendez une minute, l'interrompit Rhodan. Chacun a le droit de s'exprimer, ici. Je trouve au contraire l'hypothèse de votre collègue très intéressante…

Le visage de Philip Fuxan rayonna d'aise, mais son sourire se figea quand Rhodan reprit :

— Puisque vous avez les enregistrements de ce rayonnement, Fuxan, essayez de voir ce que vous pouvez en tirer. Nous avons absolument besoin d'en savoir plus long au sujet de ces boules robotisées et de leurs adversaires. J'attends vos résultats le plus vite possible.

Le physicien s'éloigna à grands pas. Berger le suivit des yeux, un sourire ironique aux lèvres.

— Berger, vous n'espérez quand même pas que votre collègue fasse tout le travail tout seul ! lança Rhodan pour le rappeler à l'ordre.

Le sourire du physicien disparut et il se hâta de rejoindre Fuxan.

Le sergent Jones, qui avait conduit le triscaphe dans la cache creusée au flanc du tumulus, revint vers le Stellarque.

— Nous avons encore quatre-vingts à quatre-vingt-dix heures d'oxygène, annonça Rhodan au major Huett. Pour ne pas courir de risque, nous enverrons un message à Arctis dans trois jours. L'*Imperator* peut être ici en quelques heures. Nous n'avons donc pas lieu de nous inquiéter outre mesure. Par contre, la

*C-17* ne doit pas avoir été sacrifiée en vain : il faut que nous trouvions ce qui se passe vraiment sur Destroy.

L'Émir n'y tenait plus. Lui et Wuriu Sengu chuchotaient depuis dix minutes. Ils avaient réduit le volume de leurs émetteurs au maximum pour ne pas être entendus par les autres.

— J'ai une proposition à faire ! lança le mulot après avoir remis son émetteur en position normale.

Perry Rhodan le regarda, l'air étonné, mais ne dit rien. Le major Huett lui lançait des regards en coin, comme s'il redoutait le pire.

— Eh bien, vas-y, nous attendons, lança Kasom.

— Wuriu et moi allons explorer les ruines, annonça L'Émir d'un ton théâtral. Le triscaphe ne nous servira à rien. Il est trop facile à repérer. Avec Wuriu, nous pouvons aller partout en toute sécurité. En cas de problème, pof, je me téléporte ici. Qu'est-ce que tu en dis, Perry ? En deux heures, nous répondrons à toutes les questions que tu te poses.

— Si vous voulez revenir, dit Kasom sans laisser le temps au Stellarque de répondre, il vaudrait mieux que je parte avec vous.

— Nous n'avons pas besoin d'un poids mort, répondit L'Émir abruptement.

L'Étrusien garda le silence.

— Je ne serais sûrement pas un poids mort, dit à son tour Tolot.

Le mulot le mesura du regard des pieds à la tête.

— Tu pèses quelques centaines de kilos de plus que Kasom, affirma L'Émir à l'issue de son examen. Tu nous ralentirais.

Wuriu Sengu, qui avait assisté à la scène en souriant, prit la parole :

— Ne le prenez pas mal, mais L'Émir a raison.

Nous serons d'autant plus mobiles que nous serons moins nombreux.

Tout le monde attendait la décision de Perry Rhodan.

— Je n'ai rien contre ta proposition, petit, dit-il finalement. Seulement, tu dois me promettre de revenir ici immédiatement si nous t'appelons. De plus, il faut que tu nous tiennes au courant de la moindre découverte, suspecte ou non. Évitez de communiquer par radio. Tu peux lire les pensées de Sengu, mais lui a besoin de t'entendre, alors débrouille-toi pour mettre ton émetteur au minimum.

— D'accord, promit L'Émir, même si je ne crois pas que nous trouverons grand-chose. Ce monde est mort, des racines jusqu'aux branches. Quelqu'un peut me prêter une lampe de poche ?

Sengu prit une lampe-crayon et L'Émir un puissant projecteur qui tenait dans sa poche.

Avant qu'il se téléporte, Rhodan avertit le mulot une dernière fois :

— Il n'y a peut-être plus de vie sur Destroy, mais n'oublie pas qu'il y a au moins des robots !

*
* *

Le jour tirait à sa fin. Le soleil rouge était en train de disparaître à l'horizon. Les boules-robots ne s'étaient plus manifestées. Les hommes s'étaient installés aussi confortablement que possible dans l'abri. À la longue, les spatiandres étaient inconfortables. Perry Rhodan avait veillé à ce que six ou sept personnes se relaient en permanence dans le triscaphe. Là, au moins, ils pouvaient ouvrir leur casque et avaler un peu de nourriture solide.

L'Émir et Sengu ne s'étaient toujours pas manifestés.

Rhodan commençait à se faire du souci pour les

deux mutants. S'ils n'avaient rien découvert, pourquoi restaient-ils si longtemps absents ?

— Il ne leur est sûrement rien arrivé, dit le major Huett, qui était assis à côté du Stellarque dans le triscaphe. Qui sait combien il y a de bâtiments dans cette cité ? S'ils sont en danger, ils peuvent revenir ici immédiatement.

— Leur silence m'inquiète quand même, major. Ce n'est pas le genre de L'Émir de me laisser si longtemps sans nouvelles. Enfin, vous avez raison, il n'y a peut-être rien à trouver dans cette cité…

Ils mangèrent de bon appétit.

— Il fait nuit, commandant, remarqua Huett. Il faut que je m'occupe des postes de garde.

— Allez-y, major, je vous rejoins.

Quand Rhodan revint dans l'abri, Tolot et Kasom dormaient déjà. Il faisait nuit depuis une heure, et les deux mutants ne s'étaient toujours pas manifestés. À pas nerveux, le Stellarque fit le tour des postes de garde, échangeant quelques mots avec ses hommes.

*
* *

Le mulot commença par effectuer quelques sauts en surface. Partout, l'image de la ville déserte était la même. Au dixième saut pourtant, ils se retrouvèrent au milieu de ruines que le sable n'avait pas recouvertes. Les murs, vitrifiés et luisants, témoignaient encore de l'infernale vague de chaleur qui avait balayé la ville.

— C'est épouvantable, dit Wuriu Sengu au mulot. Qui a bien pu anéantir toute une planète de cette façon ?

— Qui donc, à ton avis ? Moi, je parie pour les Maîtres Insulaires.

Sengu opina du chef. C'était le plus vraisemblable,

en effet. On ne voyait pas qui aurait pu s'opposer à la suprématie des Andromédans sur les deux micronébuleuses et sur leur propre galaxie. Même les Maahks, avec leur incroyable combativité, courbaient le dos devant eux.

Les deux mutants se tenaient en permanence la main, afin que le mulot puisse se téléporter avec Sengu au moindre danger. Devant chaque colline, devant chaque bloc, Sengu épiait les ruines et les caves, mais aucune n'était éclairée. Il parvenait seulement à identifier les masses principales.

— Il y a des puits qui descendent dans les profondeurs, mais tout est couvert de gravats et de blocs éparpillés. Apparemment, personne n'est venu ici depuis la catastrophe.

Les yeux fermés, Sengu explorait depuis quelques minutes les ruines vitrifiées qui se trouvaient devant eux quand il sentit soudain L'Émir frémir.

— Qu'est-ce que tu as ? s'inquiéta-t-il.

— Des impulsions, souffla le mulot. Des pensées. Je ne sais pas d'où elles viennent, mais elles sont inquiétantes. Elles sont très confuses et complètement dépourvues de sens.

— Tu es sûr que ce ne sont pas celles de nos hommes ?

— Oui, elles sont non-humaines.

Debout au milieu de la rue, ils regardaient tout autour d'eux, cherchant à repérer un mouvement. La pénombre envahissait peu à peu la ville morte.

— Nous devrions peut-être rentrer, suggéra Sengu, peu rassuré.

— Pas question. Il faut d'abord que je sache ce qui se passe, affirma péremptoirement L'Émir. Ce sont des impulsions organiques, tu comprends… Cela veut dire que quelqu'un a survécu à la catastrophe. Ils sont là, dans les ruines. Il faut que nous les trouvions.

Le mulot les téléporta une centaine de mètres plus loin. L'intensité des impulsions cérébrales s'accrut.

— Nous sommes dans la bonne direction, chuchota L'Émir. Est-ce que tu vois quelque chose ?

— Attends un peu… Il y a un grand bâtiment, juste devant nous. Tiens, voilà quelque chose d'intéressant…

— Quoi donc ? le pressa L'Émir, qui n'arrivait pas à déchiffrer les pensées de son compagnon.

— Les salles ont été débarrassées de leurs gravats, reprit Sengu. Il y a un escalier qui descend et des puits antigrav. Tout à l'air entretenu et… de la lumière, L'Émir, de la lumière ! Les salles souterraines sont éclairées. Il y a des machines.

Soudain, Sengu se sentit tiré par le mulot. Par réflexe, il lui emboîta le pas et courut de l'autre côté de la rue, en se demandant pourquoi L'Émir ne s'était pas téléporté.

— J'ai vu quelque chose bouger, expliqua le téléporteur quand ils furent à l'abri d'un mur.

— Moi aussi, confirma Sengu, mais il fait déjà trop sombre. Par contre, il y a de la lumière dans les caves. Tu te rends compte !

— Donc il y a de l'énergie et des survivants…

— Nous devrions peut-être en informer Perry, proposa Sengu.

— Il est trop tôt, affirma L'Émir. Nous n'avons aucun point de repère pour retrouver l'immeuble. Il faut que nous en apprenions plus. Je veux savoir ce qui se passe sur ce monde.

Sengu soupira, mais il n'ajouta rien.

Le Japonais avait sorti son radiant à impulsions. De l'autre côté de la rue, plus rien ne bougeait. L'endroit où L'Émir avait cru voir quelque chose remuer était plongé dans l'obscurité. Les micros extérieurs ne transmettaient aucun bruit. Dans le ciel, la Nébuleuse brillait de plus en plus intensément.

— Tu m'entends ? murmura le mulot.

Sengu opina.

— Je vais diriger la lampe vers les ruines qui se trouvent en face et l'allumer. Ne tire pas, surtout, sauf si quelqu'un attaque.

Le Japonais fit à nouveau signe qu'il avait compris. Au jugé, L'Émir dirigea le projecteur vers la zone suspecte, puis il l'alluma soudain. Le faisceau était assez puissant pour éclairer la façade des ruines comme en plein jour. Le portail du bâtiment se trouvait en plein centre de la zone illuminée, qui s'étendait de cinq ou six mètres de chaque côté.

Les silhouettes prises dans le faisceau lumineux ne bougeaient pas. Comme si elles étaient paralysées par la lumière. Le mulot poussa un grognement. Elles n'avaient rien d'humanoïde. C'étaient des monstres bizarres, des créatures, toutes différentes, sorties d'un cauchemar. Tel un brouillard sorti de l'enfer, elles les observaient, immobiles.

Sa main tremblant légèrement, le mulot déplaça le projecteur sur le côté pour voir s'il y avait d'autres créatures. Quand il revint au portail, les silhouettes avaient disparu. L'Émir éteignit le projecteur.

— Qu'est-ce que c'était, mais qu'est-ce que c'était ? répéta-t-il d'un ton incrédule.

— Des êtres vivants, pensa Sengu. Ce sont eux qui vivent sous les ruines. C'est horrible.

— Ils ne peuvent pas être vivants, ce sont des spectres ! s'exclama L'Émir. Certains avaient une tête, d'autres deux ou trois ou pas du tout. Il y en a qui étaient totalement blancs, et j'en ai même vu qui avaient trois jambes… Je me demande si nous n'avons pas rêvé.

— Non, c'était bien réel, insista Sengu. Souviens-toi des impulsions cérébrales que tu as captées.

Le mulot ferma ses grands yeux un instant.

— Je ne perçois plus rien. Soit je suis vraiment fou, soit ils peuvent bloquer leur émission cérébrale. As-tu remarqué qu'il n'y en avait pas deux qui se ressemblaient ? Comme si nous avions affaire à un mélange de milliers d'espèces différentes.

— Des mutations, probablement, supposa Sengu. Bien sûr, cela ne peut être que ça. Depuis des générations, ils vivent dans cet enfer radioactif. Leur code génétique doit être d'une extrême variabilité.

— Tu as sûrement raison, admit L'Émir. Il faut que nous y allions. Avec les déflecteurs !

Sengu hésita, puis il finit par tendre la main au mulot.

L'Émir savait qu'il s'aventurait dans un jeu dangereux. Il aurait dû prévenir Rhodan, mais il comptait sur leur spatiandre et sur les déflecteurs pour les protéger. Involontairement, il chercha de la main gauche le bouton de contrôle du déflecteur, puis il se concentra sur les salles souterraines qu'ils avaient « vues » dans l'esprit du Japonais.

Les hauts plafonds voûtés portaient des rangées de lampes qui éclairaient la salle a giorno. Les machines et les générateurs s'étendaient en longues rangées qui paraissaient sans fin. Sur les murs, de chaque côté, ils aperçurent des écrans éteints, couverts de poussière.

Au bout de l'allée au milieu de laquelle ils se trouvaient, quelques silhouettes apparurent fugitivement puis disparurent.

— Ils nous ont vus, souffla L'Émir. Il vaut mieux enclencher les déflecteurs.

Sengu imita le mulot mais, contrairement à lui, il demeura parfaitement visible. L'Émir s'affola l'espace d'une seconde. Que se passait-il avec le spatiandre de Wuriu ? Jamais il n'avait entendu parler d'un générateur défectueux. Et tout cela arrivait juste maintenant, alors qu'il entendait déjà les pas des mutants qui se glissaient vers eux.

Le mulot trouvait bizarre que le Japonais lui fasse des gestes désespérés. Son affolement s'accrut encore. Quoi ? Si Sengu le voyait, c'est qu'il était visible, lui ! Mais alors, s'ils se voyaient tous les deux…

Les deux déflecteurs étaient simultanément hors d'usage. Le mulot retrouva son sang-froid. Cela ne pouvait pas être un hasard. Les mutants devaient avoir trouvé un moyen d'annuler l'effet des champs de déflection. Si c'était vraiment le cas, ils dépassaient techniquement les peuples les plus évolués de la Voie Lactée.

L'Émir fit signe à Sengu de se calmer. Ce n'était pas facile, alors qu'ils étaient cernés de toutes parts par les créatures les plus répugnantes qu'ils aient jamais vues. Les mutants ne leur voulaient sûrement pas du bien, mais le mulot décida d'attendre encore un peu.

Il recula jusqu'au mur de la salle et s'y adossa, imité par Sengu. Ainsi couvert sur ses arrières, il se concentra sur l'allée qui se trouvait devant eux. Si quelqu'un devait venir, il passerait obligatoirement par là.

Un mur invisible d'énergie télékinétique se dressa une dizaine de mètres devant les mutants, plus sûr encore que les écrans de leurs spatiandres.

Le mulot poussa son émetteur radio à fond. Peu importait qu'on les entende ou pas maintenant.

— Perry ? Ici L'Émir, répondez…

— L'Émir !

C'était la voix de Tolot, surpris et soulagé à la fois.

— Nous sommes pris au piège. Je pourrais me téléporter, mais je voudrais d'abord savoir à qui nous avons affaire…

— Ne parle pas tant, petit, l'interrompit Tolot. Où êtes-vous ?

— Sous les ruines. Il y a des mutants tout autour de nous. Nos deux déflecteurs sont bloqués. Je nous protège par un écran télékinétique. Avec un peu de chance, nous pourrons peut-être vous ramener quelques prisonniers.

Une autre voix, impérieuse celle-ci, remplaça celle de Tolot :

— L'Émir, vous allez rentrer immédiatement. Pas d'expériences, compris ?

— Mais je veux seulement…

— Tu as entendu ce que j'ai dit, répéta Rhodan d'une voix sans réplique. Vous revenez ici sur-le-champ. Je te signale simplement que *tous* les déflecteurs sont inopérants. Tu veux d'autres preuves que nous avons affaire à un adversaire qu'il ne faut pas sous-estimer ? Qui te dit que ton écran protecteur fonctionne vraiment ? Tu veux essayer ?

Cette fois, c'en était trop pour L'Émir, qui déglutit péniblement. Du coin de l'œil, il aperçut des mutants qui s'approchaient de chaque côté d'eux. Sengu poussa un cri et son radiant à impulsions vibra comme un vol de frelons.

— Nous arrivons ! cria L'Émir en attrapant la main de Sengu. Arrête de tirer, Wuriu, tu gâches tout !

Deux des mutants avaient été touchés. Les autres

continuaient d'approcher rapidement, mais le mulot les repoussa en bloc.

Deux secondes plus tard, ils se retrouvaient dans la rue, plongée dans l'obscurité. Dix secondes plus tard, ils se rematérialisaient dans l'abri où leurs compagnons les attendaient.

## CHAPITRE III

Ed Berger était en train de terminer son exposé :

— ... Ceci explique également ce qui s'est passé. Le rayonnement projeté par les boules n'était pas si innocent que nous l'avons d'abord cru. Il a traversé nos écrans protecteurs, contrairement aux rayonnements atomiques, et il a modifié en profondeur les déflecteurs. Nous ne savons pas si cet effet était celui que ceux qui manipulent les boules recherchaient, mais nous pourrons sûrement le déterminer un peu plus tard. Pour l'instant, voilà ce que nous pouvons dire.

Le jour commençait à se lever. À l'est, le ciel était d'un rouge orangé de braise. À l'ouest, la Nébuleuse achevait de disparaître dans la lumière. Toute l'équipe, à l'exception d'un garde dans le triscaphe, était présente. Pour l'instant, le Stellarque n'avait pas encore jugé utile d'envoyer un message à Atlan.

— Peut-être voulaient-ils atteindre les déflecteurs, mais pourquoi eux, justement ? Ceux qui dirigent les boules robotisées ne pouvaient pas savoir que nous en disposions, dit Rhodan.

— Ce n'est peut-être pas nous qu'ils visaient, après tout, répondit Philip Fuxan. C'est juste une idée, mais les robots ont la mémoire longue, commandant. Ils n'oublient jamais leurs ordres, même quand ils ont cinq cents ou mille ans, n'est-ce pas ?

— S'ils sont actifs depuis au moins trois siècles, il est certain que leur programmation pourrait être en relation avec la catastrophe, admit Rhodan. Mais, s'ils sont en relation avec les mutants… De toute façon, cela n'explique pas pourquoi ils s'en sont pris aux déflecteurs. Quoi qu'il en soit, il y a bien un mystère sur Destroy. Nous allons profiter du jour pour essayer d'en savoir un peu plus.

— Si tu avais vu ces mutants, fit L'Émir en frissonnant. Ils sont tous tellement différents que tu ne peux absolument rien en déduire quant à la véritable apparence de leur espèce d'origine. Ils sont assez grands et maigres, ils ont deux, trois ou quatre jambes, des bras très longs, presque des tentacules, et la peau d'un blanc de craie. À mon avis, nous ne les avons jamais rencontrés auparavant.

— Une mutation peu changer bien des choses, rappela Rhodan. Nous avons encore deux jours pour établir le contact avec eux. Cela devrait suffire.

— Nous devrions prendre le triscaphe, commandant, proposa le major Huett.

— Bien sûr, major, approuva Rhodan. Si nos suppositions sont justes, les mutants doivent nous prendre pour leur ennemi héréditaire. Ils vont nous attaquer avec tous leurs moyens.

Le Stellarque se tourna vers Icho Tolot :

— Tolot, vous allez rester ici. Je vous confie le commandement de l'abri. Il est possible que les mutants essaient de nous trouver. S'ils attaquent, défendez-vous et prévenez-nous.

La décision de Rhodan, qui lui conférait un rôle

passif, ne paraissait guère plaire au Halutien, mais il fit signe qu'il était d'accord.

Le Stellarque choisit dix hommes pour l'accompagner, parmi lesquels le major, Kasom, Sengu et Philip Fuxan. L'Émir venait également, cela allait de soi.

Le triscaphe monta aussitôt à trois mètres d'altitude. Assis à côté de Tom Jones, L'Émir cherchait à lui expliquer la direction qu'il fallait prendre. C'était plus difficile que le mulot ne l'avait imaginé. La veille, il avait effectué ses premiers sauts en plein jour, mais la nuit l'avait empêché de se repérer correctement ensuite. De plus, toutes les ruines se ressemblaient.

— Je pense que c'était plus vers le centre, corrigea L'Émir, qui appréciait de pouvoir ouvrir le casque de son spatiandre. Les bâtiments paraissent un peu mieux conservés dans ce coin. Prenez un peu d'altitude, Tom.

— Nous risquons d'être vus, rappela le sergent au Stellarque.

— Peu importe, nous sommes là pour prendre contact, répondit Rhodan.

Arrivés à cinquante mètres d'altitude, Jones stoppa le triscaphe. Sous la lueur rougeoyante du matin, les mines paraissaient flamber. Il faisait beau. Seuls quelques nuages verts s'étiraient paresseusement en altitude.

— Voilà ! s'exclama le mulot. Plus à l'ouest. Je le vois. Descendez vers l'avenue la plus large.

— Pas d'impulsions cérébrales ? demanda Rhodan.

— Non, rien, confirma L'Émir.

Le triscaphe se posa juste en face de l'entrée principale du bâtiment où L'Émir et Sengu s'étaient trouvés la veille.

— Vous êtes sûr que c'est bien ici ? demanda Rhodan au Japonais.

— Certain, commandant. Les mutants se trouvaient bien ici, de chaque côté de l'entrée. La rue me paraissait plus large cette nuit, mais c'est bien là.

— Avaient-ils des armes énergétiques, à votre avis ?

— Nous n'avons rien vu, affirma Sengu. En tout cas, ceux qui voulaient nous capturer dans la salle des machines n'avaient rien entre les mains.

Perry Rhodan observa quelques instants l'entrée du bâtiment.

— J'ai l'impression que nous sommes observés, dit-il.

— Pas d'impulsions, répéta L'Émir.

— Cela ne veut pas dire grand-chose. Ce sont des mutants, et tu as dit toi-même qu'ils étaient capables de s'isoler mentalement.

Kasom referma son casque.

— Je peux aller jeter un coup d'œil, proposa l'Étrusien. En cas de besoin, le triscaphe peut me couvrir. Avec un peu de chance je les verrai aussi, ces mutants de légende…

— Attends, tu les verras, promit L'Émir.

— Je préfère que vous partiez avec deux hommes, Kasom, dit Rhodan.

Sans attendre la réponse de l'agent de l'O.M.U., L'Émir boucla son casque à son tour.

— En voilà déjà un, rit Kasom. À qui le tour ? Les huit autres membres de l'équipe rabattirent leur casque.

— Attendez ! s'exclama Rhodan. Pas tous en même temps. Il faut encore un volontaire. Si notre physicien est d'accord…

Philip Fuxan sourit et fit un pas vers Kasom.

— C'est bon, fit l'Étrusien. Allons-y.

Le mulot s'interposa :

— Une minute ! Et moi, on ne me demande pas mon avis ? Qu'est-ce que nous allons faire d'un « crâne d'œuf » ?

Fuxan tapota la crosse de son radiant.

— Vous savez, lieutenant, je me défends plutôt bien au tir, j'ai même remporté…

— C'est ça, vous avez tiré sur des lièvres-robots ! Les fantômes que vous allez voir courent au moins aussi vite et ils sont nettement plus méchants, l'avertit L'Émir.

— Pour l'instant, il n'est pas question de tirer. Je veux entrer en contact avec eux, c'est tout. À mes yeux, le meilleur d'entre vous sera celui qui réussira à établir le dialogue avec les mutants, compris ?

— Si ce sont bien des mutants, ajouta Fuxan.

Une fois les deux hommes et L'Émir dehors, Perry Rhodan s'installa aux commandes du radiant lourd de la coupole et surveilla leur avance, les yeux fixés sur l'entrée du bâtiment en ruine.

Kasom fit signe au mulot et au physicien de se placer de chaque côté de lui, à deux mètres de distance, et commença à traverser l'avenue. Comme il n'y avait rien en vue, ils la franchirent rapidement.

Rhodan et Jones les virent s'approcher prudemment de l'entrée.

Sans avertissement, les mutants furent là.

Ils sortirent si rapidement du portail qu'ils se trouvèrent trop près du groupe terrien pour que Rhodan puisse riposter.

Par réflexe, L'Émir s'était téléporté en sécurité à une vingtaine de mètres. Encore surpris par l'attaque, il observait la scène, indécis. Kasom avait sorti son radiant, qu'il tenait levé, mais ne tirait pas.

Les mutants n'étaient armés que de pierres et de

barres de fer. Poussés par une détermination aveugle, ils se jetèrent sur les deux hommes. C'est cette étrange et incompréhensible fureur qui faisait hésiter l'Étrusien, qui avait gardé tout son sang-froid.

De toute façon, la protection des écrans s'avéra suffisante. Les mutants se heurtèrent sans comprendre aux barrières invisibles.

— Tout va bien, dit Kasom d'une voix calme. Ne vous affolez pas, Fuxan. Très bien, restez comme ça, ils ne peuvent rien nous faire.

Comme s'ils obéissaient à un ordre muet, les mutants, une cinquantaine au moins, reculèrent vers l'avenue. Leur manœuvre montra que leurs ancêtres appartenaient certainement à une civilisation très évoluée. Démunis, ils savaient pourtant ce qu'était un écran protecteur. Leurs armes dérisoires étaient incapables de les traverser, mais ils pouvaient les repousser, et leurs propriétaires avec…

Tous ensemble, se tenant les uns aux autres, ils refoulèrent Kasom et Fuxan vers le portail.

— Ma parole, ils sont en train de nous emmener à l'intérieur, gronda l'Étrusien.

— Mais qu'est-ce qu'ils cherchent ! s'énerva Fuxan, qui agitait nerveusement son radiant. Ils n'obtiendront rien de cette manière. Qu'est-ce qu'ils comptent faire ? Nous affamer ? Pourquoi est-ce que nous ne nous défendons pas ?

— Attendez, ordonna Kasom, qui sut gré à Perry Rhodan, qui suivait leur conversation, de ne pas intervenir. Nous allons peut-être apprendre ce qu'ils nous veulent et pour qui ils nous prennent.

— Vous voulez que je vous en débarrasse ? demanda L'Émir, qui observait la scène.

— Attends un peu et suis-nous. Tu pourras leur

montrer plus tard quel grand guerrier tu es, se moqua Kasom.

Telle une grosse grappe, la masse des mutants repoussa les deux hommes à l'intérieur.

— Tout va bien ? demanda Perry Rhodan.

— Ne vous faites pas de souci, commandant, je ne crois pas qu'ils aient les moyens de faire sauter l'écran, et puis L'Émir nous couvre, répondit l'Étrusien.

— J'ai l'impression d'être une noix, s'écria Fuxan, qui avait du mal à garder son équilibre. Je n'ai pas envie d'attendre qu'ils amènent leur casse-noix jusqu'ici !

— Rejoins-nous, L'Émir, appela Kasom.

Il venait de s'apercevoir que les mutants les avaient poussés jusqu'au bord d'un puits antigrav. Prêt à tout, le mulot se téléporta juste à côté de ses compagnons. Ils perdirent pied et commencèrent à tomber.

— Il marche ! s'exclama Fuxan. Il y a encore de l'énergie dans ces ruines !

Le puits était obscur, mais une lueur montait de ses profondeurs. L'Émir commençait à se douter qu'ils allaient arriver dans la salle où il s'était téléporté la veille avec Sengu.

Pendant ce temps, les conversations allaient bon train dans le triscaphe. Dans le puits, Kasom, Fuxan et L'Émir n'en perdaient pas une miette. Tom Jones proposait d'entrer de force dans le bâtiment avec le triscaphe, tandis que Wuriu Sengu décrivait à intervalles réguliers ce qu'il voyait dans les immenses caves.

C'est à lui que les trois éclaireurs durent la vie.

Personne d'autre n'aurait été capable de voir ou même d'imaginer ce qu'il découvrit soudain.

— C'est curieux, dit-il à voix basse. La lueur dans la salle est si intense que je n'arrive pas à la regarder en face. C'est comme un incendie nucléaire… Attendez, ce n'est pas dans la salle, mais au fond du puits…

— Un incendie nucléaire, qu'est-ce que vous voulez dire ? s'étonna Rhodan.

Tout le monde s'était tu pour écouter la réponse du mutant :

— C'est comme l'intérieur d'un réacteur à fusion, mais il n'y a pas de réacteur.

— À quelle profondeur se trouve la fin du puits, à votre avis ? demanda Kasom.

— Une cinquantaine de mètres, à peu près.

— Nous sommes déjà descendus d'une trentaine de mètres, dit hâtivement l'Étrusien, et nous ne voyons toujours rien…

— Il y a une cloison en métal ! s'écria Sengu. Une dizaine de centimètres d'épaisseur. Elle s'ouvrira au dernier moment ! Il faut que vous vous mettiez à l'abri !

Fuxan poussa un cri étouffé.

— Allumez vos propulseurs, vite ! cria Perry Rhodan.

Kasom réagit le premier et pressa le contact de son antigrav. L'Émir et Fuxan l'imitèrent aussitôt.

— Nous remontons, dit simplement l'Étrusien. Tant pis pour ceux qui se trouveront devant nous.

Ils poussèrent leurs propulseurs à fond et jaillirent comme des flèches vers le haut. En jetant un coup d'œil vers le bas, L'Émir s'aperçut que la cloison qui isolait le feu nucléaire s'était ouverte. Il ferma les yeux, ébloui.

Si Sengu ne les avait pas avertis, ils seraient morts. Les écrans n'auraient tenu que quelques secondes.

Cette fois Kasom était décidé à ne plus prendre de gants. Il sortit son radiant et fit le vide dans le cercle des mutants, penchés sur le puits. Fuxan et L'Émir en firent autant. Ils avaient l'impression d'avoir été trompés.

Ils regagnèrent la rue sans difficulté quelques minutes plus tard. C'est au moment où il s'apprêtaient à la traverser, furieux, que l'appel de Tolot leur parvint :

— Nous sommes attaqués. Ils arrivent par centaines. Nous n'arriverons pas à les repousser avec nos seuls radiants. Répondez…

Les mâchoires contractés, Perry Rhodan paraissait également furieux.

— Dépêchez-vous de rentrer, vous trois, ces mutants ont la tête dure…

## CHAPITRE IV

C'est l'un des gardes postés sur l'une des collines de ruines qui les aperçut le premier. Une minute plus tôt, il avait cru voir un mouvement suspect, mais il n'avait pas donné l'alarme.

Quand il vit plusieurs ombres furtives se glisser de monticule en monticule, il comprit qu'il n'avait pas affaire à un mutant isolé. Cette fois, il cria pour avertir ses compagnons.

Tolot avait déjà tout organisé pour résister en cas d'attaque.

Quand les mutants virent qu'ils étaient découverts, ils renoncèrent à se cacher et s'approchèrent à découvert. Les tumulus et les rues qui entouraient l'abri des Terriens se remplirent en quelques secondes d'une foule de créatures monstrueuses. Les premiers mutants n'étaient qu'à une quinzaine de mètres de l'ouverture de l'abri.

Tolot, qui tenait un radiant lourd, avait couru dans la tranchée. Il appela Rhodan et commença à faire feu.

Face à une telle masse d'assaillants, le petit groupe n'avait pas le choix. Il fallait qu'ils établissent un véritable barrage de feu.

Là aussi, l'obstination des mutants faisait presque peine à voir. La haine qui les poussait n'avait rien à voir avec la crainte d'un nouvel ennemi. Elle devait être nourrie par des années de souffrances et de ressentiment contre ceux qui les avaient opprimés.

Moins de deux minutes plus tard, le triscaphe apparut au-dessus d'une colline. Le jet d'énergie brûlante dévasta les premiers rangs des mutants, mais il en arrivait sans cesse d'autres.

— Tolot ! appela Rhodan.

— Oui, commandant, répondit le Halutien d'une voix tout à fait normale.

— Il faut que vous abandonniez le camp.

— Et le matériel ?

— Il faut l'emmener.

— Mais nous pourrions sûrement en venir à bout, commandant, insista le Halutien. Si je me jette vraiment dans la bataille…

— Il y a eu assez de morts comme cela, Tolot. Ce n'est pas contre nous qu'ils se battent. Leurs véritables ennemis sont aussi probablement les nôtres. Nous avons seulement du mal à le leur faire comprendre, c'est tout.

— D'accord, commandant, répondit Tolot. Pouvez-vous vous approcher un peu plus de nous ?

Le triscaphe se posa près de la tranchée. Sa porte arrière s'ouvrit et les premiers hommes sautèrent aussitôt à l'intérieur.

— Allez, serrez-vous, les pressa Tom Jones, les autres arrivent ! Déposez tout ça ici, vite !

Tolot grimpa le dernier à bord, tout en tirant pour repousser les mutants qui n'étaient plus qu'à deux mètres de lui. Le radiant était brûlant. Jones referma le sas et le triscaphe décolla aussitôt.

Les mutants se précipitèrent dans l'abri, où ils ne trouvèrent que quelques conserves et des chargeurs d'énergie vides. Une grande clameur de déception retentit vers le ciel. Il y avait encore deux ou trois mille créatures, les bras levés vers le ciel, sous le triscaphe.

— Pauvres diables, dit Rhodan.

— Comment, tu les plains ? s'indigna L'Émir. Tu oublies qu'ils ont voulu nous faire rôtir ?

— Hum, un gigot de mulot à la broche..., fit Kasom.

Sa moustache frémissante, les yeux lançant des éclairs, L'Émir se retourna vers Kasom, qui ne pouvait plus s'arrêter de rire.

— Renouvelez complètement l'air de la cabine, dit Rhodan à Jones.

— Je crois que nous n'arriverons pas à entrer en contact avec eux, dit pensivement Sengu. Comment pourrions-nous leur montrer que nous ne leur voulons pas de mal ?

— Vous avez sûrement raison, intervint Ed Berger. Nous devrions aller voir ailleurs sur la planète. Si nous pouvions trouver des survivants qui n'ont pas été victimes des radiations, nous aurions peut-être une chance d'établir le contact.

Rhodan hocha la tête pensivement.

— Qu'en pensez-vous, Tolot, Kasom ?

— Pourquoi y aurait-il une différence entre cette ville et une autre, dit le Halutien en haussant les épaules. Nous aurons peut-être plus de chance ailleurs, qui sait ? Pour notre sécurité, je crois qu'il serait quand même préférable de prévenir l'Amiral dès maintenant. Qu'est-ce que tu cherches exactement, commandant ?

— Je n'en sais rien moi-même, répondit Rhodan. Un secret peut-être, qui nous permettrait de résoudre des questions restées sans réponse...

— Si c'était le cas, nous pourrions accepter de courir quelques risques, dit Tolot.

— Je sais que *c'est* le cas, Tolot, affirma le Stellarque.

— Ce monde est un véritable mystère, dit Sengu. Nous voyons des robots qui s'en prennent aux survivants avec des moyens absurdes, des mutants qui attaquent tout ce qui bouge avec ce qui leur tombe sous la main... Je suis d'accord avec vous, commandant, il y a forcément un secret au cœur de toute cette affaire. Quelque chose qui pourrait être important pour l'avenir.

— Ou pour le passé, corrigea L'Émir.

— Qu'est-ce que tu veux dire ? s'étonna Rhodan, intéressé, en se tournant vers le mulot.

— Oh, je disais ça comme ça, s'excusa L'Émir. En fait, tout ce qui arrive maintenant découle de ce qui s'est passé il y a trois siècles. Si les mutants pouvaient nous dire comment les choses se sont déroulées...

— Nous saurions aussi qui ils sont vraiment, reprit Rhodan. Mais comment y arriver ? Tu as une idée ?

— Oui, affirma tranquillement L'Émir, il nous suffit d'en attraper un, c'est tout. Je connais quelqu'un, un brave des braves que rien n'effraie...

— Alors pourquoi t'es tu téléporté si vite quand ils nous ont attaqués devant le portail ? ironisa Kasom.

— Si tu le prends comme ça ! s'écria L'Émir, vexé.

Pendant qu'ils se chamaillaient et que Tolot, plié de rire, faisait tressauter de ses quelques tonnes le triscaphe, Perry Rhodan le fit monter à plusieurs centaines de mètres d'altitude.

L'immense ville n'était plus qu'une tache sombre dans le désert.

— Et comment comptes-tu nous ramener un prisonnier, petit ? demanda le Stellarque en interrompant la querelle.

— C'est tout simple, répondit L'Émir. Je fais un saut en ville, juste au-dessous, et… Mais où est-elle ?

Le mulot, les yeux fixés sur un écran la cherchait en vain.

— Nous allons nous poser dans un coin plus tranquille, expliqua Tom Jones.

— Ah bon, se rassura L'Émir. Tu vas voir, je vais te ramener un prisonnier de choix, le plus beau que tu aies jamais vu !

Perry Rhodan ne savait pas à quel point les prévisions du mulot étaient exactes…

*
* *

Le triscaphe s'était posé au fond de l'une des mers asséchées de Destroy, sur un plateau coupé de failles profondes qui descendait en pente douce. Le ciel bleu-vert de la planète était encore très clair. Contrairement à ce qui se passait sur les continents, il n'y avait pratiquement pas de sable sur le sol.

À quelques kilomètres de là, on apercevait une sorte de vaste pic rocheux qui avait peut-être été une île. La base de la falaise était creusée de grottes, autrefois sous-marines.

— Il est maintenant midi, dit Perry Rhodan en consultant sa montre. Nous avons sûrement intérêt à attendre la nuit. L'Émir aura moins de mal à approcher les mutants.

— Je ne vais pas attendre ! protesta le mulot. J'y vais dès maintenant. Vous aurez votre prisonnier pour le café. Salut !

Sans attendre la réaction de ses compagnons, L'Émir se téléporta au sommet du pic rocheux. De là-haut, il avait une vue superbe sur un immense panorama.

Il avait de l'oxygène pour soixante heures, assez de tablettes nutritives pour tenir trois jours et un petit radiant de poche. Sa confiance en lui n'était pas le moindre de ses atouts. Avec ses dons exceptionnels, le mulot n'avait pas grand-chose à redouter. Ses éternelles rodomontades devant ses compagnons cachaient une certaine timidité et L'Émir était en réalité un brave et modeste petit mulot de Perdita.

Il regarda en direction du triscaphe, gros comme une tête d'épingle, vu à cette altitude. Il entendait parfaitement les conversations du groupe terrien et captait très bien les pensées de ses compagnons.

— Allons, commandant, disait Tolot. On ne peut pas lui en vouloir, même s'il est un peu trop indépendant.

L'Émir sourit et réduisit le volume de ses écouteurs. Loin à l'horizon, vers l'ouest, il lui semblait distinguer les contours de la cité en ruine. Elle devait se trouver à une trentaine de kilomètres mais, pour un téléporteur, les distances comptaient peu.

Il se préparait à sauter quant il se figea. Il coupa complètement sa radio et se concentra. Pas de doute, il recevait bien des impulsions cérébrales !

Le plus étonnant n'étaient pas les impulsions elles-mêmes mais le fait qu'il en reconnaissait parfaitement le schéma.

Quelque part sur cette planète, il y avait des êtres qu'il avait déjà rencontrés voici bien longtemps.

Il fit le vide en lui et tendit ses antennes télépathiques pour essayer de localiser la source des pensées. Incrédule, il refit un test mais dut se rendre à l'évidence au bout de quelques instants. Les impulsions venaient de sous ses pieds, de la montagne !

Il se souvint des grottes qu'il avaient vues. Malheureusement, les pensées étaient trop nombreuses et trop confuses pour qu'il puisse en apprendre plus long. Il se téléporta à nouveau au fond de la mer morte, au pied du pic.

Un tunnel s'ouvrait juste devant lui. S'il se lançait au hasard, il risquait de se rematérialiser dans la roche. Il n'avait pas le choix. Il fallait qu'il avance à pied. En cas de problème, il pourrait rapidement se mettre à l'abri.

Les influx étaient plus puissants. Ils provenaient bien de la montagne, droit devant lui. Ce qui étonnait le plus L'Émir, c'est qu'il retrouve ici, de l'autre côté du Grand Désert intergalactique, des êtres qu'il avait connus autrefois, donc dans la Voie Lactée. La plus extrême prudence s'imposait. Il ralluma sa radio.

— Perry ?

Le brouhaha qui régnait dans le triscaphe se calma immédiatement. Rhodan répondit aussitôt :

— Où es-tu ?

— Pas très loin, au pied du pic que vous voyez. Je vais aller jeter un coup d'œil à l'intérieur. Il y a du monde.

— Comment cela ? s'exclama Rhodan. Des mutants ?

— Je ne peux pas t'en dire plus pour l'instant, répondit par précaution L'Émir. Si je ne me suis pas manifesté dans deux heures, vous saurez où me chercher. D'ici là, je garderai le silence radio.

— Comme tu veux, soupira le Stellarque, qui savait qu'il ne ferait pas revenir le mulot sur sa décision. Mais sois prudent.

— D'accord, à plus tard.

Le mulot vérifia son radiant et entra dans la grotte. Le sol était parfaitement lisse. Les parois, façonnées par les courants, étaient veinées par des stries horizontales. Ses micros extérieurs ne lui transmettaient pas le moindre bruit.

Les impulsions cérébrales étaient toujours aussi confuses. De temps à autre seulement, il réussissait à isoler un influx pour quelques secondes :

— Une consommation trop élevée d'air à Xeresta… Averti par le comité de surveillance.

Ces bribes de pensées ne lui apprenaient pas grand-chose, sauf que les habitants de la montagne devaient avoir des problèmes de régénération d'air. Par contre, cela indiquait qu'ils devaient vivre à l'abri de l'air contaminé de Destroy et qu'ils n'avaient peut-être pas subi le même sort que les mutants.

Au bout d'une centaine de mètres, le mulot se téléporta prudemment en avant. Le boyau souterrain continuait en ligne droite. Enhardi, il fit un saut plus important. Cette fois, il sentait qu'il était dans une salle fermée. Le sol vibrait légèrement sous ses pieds. Il y avait des machines en activité.

Au troisième saut, il se rematérialisa dans une autre salle, éclairée celle-ci. Elle lui rappelait une soute de navire. Un bruit de soufflerie extrêmement fort y régnait. Le mulot baissa le son de ses écouteurs. Les impulsions cérébrales, bien que plus fortes, étaient encore plus confuses qu'auparavant. Elles venaient de partout, tout autour de lui. Il s'approcha de la lourde porte métallique étanche qui bloquait l'entrée de la salle. Le mécanisme d'ouverture ne lui était pas familier, mais il s'assura qu'il pourrait le manœuvrer télékinétiquement en cas de besoin.

Il revint ensuite vers le centre de la salle. Toute une série de grosses sphères dotées d'un hublot transparent y étaient alignées. Des conduites épaisses d'un mètre en sortaient. Il devait s'agir d'un système d'épuration d'air.

Tout à coup, L'Émir enregistra un mouvement

indistinct de l'autre côté de la salle. Il se recula vivement à l'abri d'une sphère et s'immobilisa, cherchant à isoler les influx cérébraux de la créature qui se trouvait là. Normalement, cela n'aurait pas dû être difficile, mais il échoua. L'étranger ne pensait pas. Inquiet, le mulot poussa le son des micros. Le vacarme était infernal. Au bout de deux minutes, il crut distinguer un raclement métallique régulier. Il sortit son radiant en réfléchissant fébrilement.

Le bruit s'arrêta et le mulot comprit soudain à qui il avait affaire. Un robot ! Cela ne pouvait être qu'un robot. Il se laissa glisser à terre et risqua un œil dans l'allée.

C'était bien ça. Son gros corps cubique reposait sur trois supports terminés par des boules. Il n'avait pas de tête, mais des lentilles étaient enfichées sur au moins deux de ses faces. L'Émir ne savait pas si le robot l'avait vu. Il n'avait apparemment pas d'armes et ne réagissait pas.

Au bout d'un moment, l'étrange surveillant repartit en arrière. L'Émir n'avait jamais vu d'engin semblable. Ragaillardi, il se leva et courut après le robot.

— Eh, toi ! cria-t-il. J'ai quelques questions à te poser.

L'engin continua sa route imperturbablement. L'Émir le rattrapa et le contourna. Le robot ne fit pas mine de s'arrêter. Rassemblant toute son énergie, le mutant dressa un véritable mur télékinétique devant lui. L'une de ses jambes levées, le robot s'arrêta.

— Peux-tu parler ? répéta L'Émir.

Ses multiples tentatives restant vaines, il se décida à mettre le robot à l'écart, là où il ne pourrait le menacer. Le premier endroit qui lui vint à l'esprit fut le sommet du pic rocheux.

— Nous allons faire une petite promenade..., avertit le mutant.

De retour dans la salle, L'Émir revint vers la lourde porte qu'il avait examinée et en manœuvra doucement le mécanisme. Elle donnait sur un corridor où la lumière était un peu plus intense que dans la salle. Plusieurs couloirs s'en échappaient de part et d'autre. Les influx cérébraux, omniprésents, étaient toujours aussi intenses. Le mulot percevait maintenant parfaitement le mystérieux schéma cérébral des plus proches.

Peu à peu, L'Émir se dit qu'il n'avait pas vraiment de raisons de se cacher. S'il était découvert, eh bien il se téléporterait. Il s'engagea à grands pas dans le corridor.

À part le robot, il n'avait toujours rencontré personne. La colonie était peut-être en pleine phase nocturne, après tout, se dit-il. Sous la montagne, le jour et la nuit « naturels » n'avaient aucun sens.

Le corridor débouchait sur une large rue, au centre de laquelle brillait une sorte de rail électronique. Aucun véhicule n'était en vue. De part et d'autre du rail, les deux larges bandes de transport étaient immobiles. Les parois du tunnel étaient lisses. À intervalles irréguliers, de larges fenêtres obscures s'y découpaient.

L'intensité des impulsions cérébrales était en contradiction avec le calme qui régnait partout. La colonie était bien endormie et ses habitants rêvaient.

L'Émir vérifia son compteur de radioactivité. Rien. Contrairement aux mutants, les survivants de la montagne devaient encore savoir ce qui s'était passé sur Destroy trois siècles plus tôt.

Plongé dans ses pensées, le mulot vit l'engin arriver au dernier moment. Il se plaqua sur le bord du tunnel. C'était une sorte de grand wagon isolé, dont le phare éclairait violemment tout le tunnel. L'Émir eut le temps d'apercevoir deux silhouettes indistinctes à l'intérieur. Leurs pensées étaient claires. Les deux êtres pensaient à l'étranger qui avait été détecté à l'intérieur de leur monde et qu'il fallait impérativement éliminer.

Des pensées pleines de haine et de vengeance, comme celles des mutants.

Le mutant reprit sa route. Il avançait lentement, tendant ses antennes télépathiques pour essayer de trouver un survivant isolé. La curiosité le brûlait. À quoi ressemblaient ces étrangers qu'il avait l'impression d'avoir déjà rencontrés ?

Un bruit retentit dans le tunnel, assez loin devant lui. Au lieu de se téléporter, L'Émir préféra se cacher dans une niche de la paroi. Plongé dans l'ombre, il observa le tunnel.

Le bruit se rapprochait lentement. Ce n'était sûrement pas un véhicule. Des pas, peut-être.

Cinq silhouettes en file indienne surgirent dans la pénombre. Chacune portait un radiant lourd. Les impulsions cérébrales étaient fortes et nettes. Ils le cherchaient. L'Émir essayait de se rappeler. Le schéma cérébral était là, bien clair.

Le groupe n'était plus qu'à vingt mètres. En les voyant, L'Émir poussa un cri étouffé. Il les avait enfin reconnus.

La surprise le figea sur place. Eux ! Mais comment pouvait-il les voir ?

Ils étaient incroyablement minces, fins comme des poteaux. Leurs trois jambes ressemblaient aux trompes des Deux-Nez. Leurs deux bras tentaculaires se terminaient par des mains allongées aux doigts graciles. Le cou flexible, qui rappelait celui des cigognes, mesurait une trentaine de centimètres de long. Leur tête, grosse comme le poing, se déplaçait rapidement dans toutes les directions. Leurs trois yeux donnaient l'impression de briller comme des cristaux à facettes.

Des Laurins !

L'Émir les connaissait bien, ces ennemis impitoyables auxquels l'Empire s'était heurté trois cents ans plus tôt en arrivant en bordure de la Galaxie. Les Invisibles ! Ils avaient semé la mort jusque sur la Terre. Grâce à leur déflecteur organique, le flexorgane, les Laurins pouvaient se rendre invisibles. Par l'intermédiaire des Bioposis, les Terriens avaient déjà appris à l'époque que les Laurins étaient vraisemblablement originaires d'Andromède. Perry Rhodan avait même promis au protoplasme géant des Bioposis d'aller un jour sur son monde d'origine, dans la Nébuleuse.

À l'issue de la lutte impitoyable qui les avait opposés aux Bioposis et aux Terriens, les Laurins avaient brusquement disparu. Aucune des missions d'exploration, aucun des postes de surveillance solaires ne les avait jamais plus rencontrés, jusqu'à aujourd'hui.

Loin d'être résolu, le mystère de Destroy n'en devenait que plus opaque.

L'Émir n'avait pas bougé. Il regarda les cinq Laurins qui s'éloignaient, se demandant comment il allait faire pour en capturer un.

## CHAPITRE V

Pour la dixième fois en moins de deux minutes, Perry Rhodan vérifia l'heure.

— Cela fait juste deux heures ! Il faut que nous fassions quelque chose.

— Je n'attends que cela, commandant, fit Kasom en refermant son casque.

Derrière lui, la voix de tonnerre d'Icho Tolot gronda :

— Je peux y aller seul, si tu veux, proposa le Halutien.

— Non, répondit le Stellarque en secouant la tête. Nous prenons le triscaphe. Nous allons prendre Berger et Fuxan au passage. Les hommes attendront ici.

Les deux scientifiques étaient partis avec deux de leurs collègues en reconnaissance près du pic rocheux.

— Les hommes vont pouvoir s'abriter dans l'une des failles du plateau, commença Rhodan, qui fut aussitôt interrompu par un appel radio.

— Des mutants ! Ils nous ont vus et se dirigent vers nous, dit Berger d'une voix affolée.

— Où sont-ils ? demanda Rhodan.

— Juste derrière nous, ils nous rattrapent ! Est-ce qu'il faut tirer, commandant ?

— Non ! ordonna le Stellarque. Vous êtes loin de nous ?

— Nous vous apercevons déjà, ouvrez le sas, reprit Berger, essoufflé. Ils ont des armes, cette fois !

— Dépêchez-vous, nous avançons vers vous, dit Rhodan d'une voix calme.

— Nous allons devoir changer nos plans, commandant, dit Kasom.

— Bien sûr, répondit Rhodan. Tout le monde reste à bord. Nous allons récupérer les quatre scientifiques et aller au pied du pic. Les mutants mettront trois ou quatre heures à nous rejoindre. Nous aurons le temps de récupérer L'Émir.

Berger, Fuxan et les deux autres atteignirent le triscaphe deux minutes plus tard. Épuisés, ils se laissèrent tomber sur le sol. Les mutants qui les poursuivaient, une quarantaine, s'arrêtèrent et levèrent les poings, impuissants, en voyant le triscaphe s'élever dans les airs en emmenant leurs proies.

— Ils doivent haïr tout ce qui leur rappelle qu'ils n'ont pas toujours été des mutants, dit Rhodan. Il vaut mieux les laisser en paix avec leurs souffrances.

*
* *

La situation était si extraordinaire que L'Émir n'avait pas vu le temps passer, et ne s'en préoccupait pas. Il avait suivi les cinq Laurins à bonne distance.

S'ils étaient alertés, il savait qu'ils se rendraient aussitôt invisibles et qu'il n'aurait plus aucune chance d'en attraper un. S'il en maintenait un télékinétiquement, il pourrait toujours se téléporter avec lui, mais il faudrait qu'il se rematérialise immédiatement clans le triscaphe. S'il l'emmenait à l'extérieur, sur Destroy, son prisonnier ne survivrait pas longtemps aux radiations.

Les cinq Laurins s'entretenaient sur l'une des

bandes de transport. Ils s'étaient arrêtés juste à l'endroit où débouchait le corridor qu'avait emprunté L'Émir. Du haut du pic, le robot avait dû transmettre des informations précises à ses maîtres.

— Il est venu par le centre de climatisation, dit l'un des Laurins, dont le mulot captait parfaitement les pensées. Il y est peut-être retourné.

— Sûrement pas, reprit un autre. Il est toujours dans la ville. C'est peut-être un mutant...

— Cela m'étonnerait, objecta celui qui paraissait être le chef. D'après le robot, il était petit et portait une combinaison de protection. Les mutants n'en ont pas besoin. Ils sont nés dans le monde empoisonné. C'est sûrement un étranger.

— Maudits soient les Maîtres Insulaires ! lança l'un des cinq Laurins. Si nous avions encore nos anciens pouvoirs, nous pourrions l'attraper sans difficulté. Maintenant, il peut nous voir et se cacher à temps...

L'Émir dressa l'oreille. Qu'est-ce que c'était que cette histoire ? Leurs anciens pouvoirs... Peut-être le Laurin voulait-il parler de leur flexorgane ? Et que venaient faire les Maîtres Insulaires là-dedans ? Étaient-ils responsables de la destruction de Destroy ?

Le mulot avait envie de vérifier immédiatement son hypothèse. Si les Laurins ne pouvaient plus se rendre invisibles, il n'aurait aucun mal à faire un prisonnier. Il préféra pourtant attendre pour en apprendre un peu plus long. Bien lui en prit.

La conversation des gardes était très intéressante. Il y avait cinq cent mille Laurins sous la montagne. Ils avaient reçu l'ordre de capturer l'étranger sans le tuer pour qu'il puisse être interrogé. Ils le tueraient plus tard. Dans l'esprit des Laurins, il n'y avait aucun doute.

Il avait été envoyé par les Maîtres Insulaires pour les espionner.

La haine des Laurins pour les Andromédans était absolue, totale et définitive. Malheureusement, L'Émir comprit qu'elle s'étendait également à tout ce qui était étranger. Que ce soit chez les mutants ou chez les survivants, la destruction de Destroy avait laissé des cicatrices apparemment indélébiles.

Finalement, les cinq gardes se décidèrent à rejoindre le centre de climatisation. Tout en remontant le corridor, ils s'entretenaient sans prendre de précautions particulières, persuadés qu'ils étaient de trouver l'étranger là où le robot l'avait aperçu. L'Émir en profita pour se faufiler juste derrière eux. Au bout d'un moment, il se décida à effectuer un petit test.

Il se téléporta juste devant eux.

Debout au milieu du corridor, il leva le bras.

— Je vous salue, tiges de haricots ! lança-t-il en intergalacte. J'ai besoin d'un volontaire pour m'accompagner.

Évidemment, poussé par son besoin de dramatiser et de mettre en scène son intervention, le mulot ne s'était pas préoccupé de son absurdité. Même s'ils comprenaient encore l'intergalacte, les Laurins n'allaient sûrement pas lui obéir. Une fois de plus, L'Émir ne dut la vie qu'à sa rapidité de réaction.

Sans se poser de question, les cinq Laurins réagirent immédiatement. La haine qui les submergea en voyant l'étranger leur fit même oublier leurs ordres. Ils devaient le ramener vivant, mais ils levèrent leurs radiants et firent feu simultanément.

Inconsciemment, le mulot l'avait prévu. Tout en courant vers le groupe, il détourna les radiants télékinétiquement vers le haut et se jeta sur le premier des Laurins, qu'il serra fermement entre ses bras.

Moins de cinq secondes après son apparition, il se dématérialisait avec son prisonnier.

Au lieu de se concentrer sur la cabine exiguë du triscaphe, il visualisa l'endroit où le tout-terrain l'attendait.

Son premier réflexe en arrivant fut d'arracher à son prisonnier le radiant qu'il brandissait toujours, puis il fit un tour sur lui-même pour retrouver le triscaphe. Le soleil était haut sur l'horizon. Le fond de l'océan desséché s'étendait à perte de vue autour de lui, mais le tout-terrain avait disparu.

Il n'y avait plus personne. Perry Rhodan était parti.

*
* *

Prenant de l'altitude, Tom Jones dirigea le triscaphe vers le sommet du pic rocheux. Dans la plaine, les mutants avaient déjà fait demi-tour pour poursuivre les Terriens. Là-haut, ils n'auraient rien à craindre des mutants et pourraient facilement contacter le mulot, qui s'était enfoncé à l'intérieur de la montagne.

— Allez-y, sergent, posez-vous, ordonna Rhodan. Sengu réussira peut-être à voir quelque chose.

Le sommet du pic, qui correspondait à l'ancienne île, était en fait assez étendu. Le triscaphe se posa sur la roche nue, au bord de l'immense précipice. Leurs premiers appels au mulot restèrent sans réponse.

— Il a dû lui arriver quelque chose, dit Kasom. Il n'aurait pas oublié de nous contacter au bout de deux heures, sinon.

— Je n'en suis pas si sûr, corrigea Rhodan. S'il a décidé de…

— Il y a quelque chose devant ! s'exclama Berger en montrant un pan de rocher qui se trouvait juste devant le triscaphe.

— Qu'est-ce c'est ? s'étonna Rhodan.

— Je n'en sais rien, j'ai juste vu un mouvement. Attendez, ça recommence !

— Sengu, essayez de voir derrière le rocher, ordonna le Stellarque.

— C'est en métal, répondit presque aussitôt le mutant. Un robot, probablement.

— Comment ça, un robot ? s'étonna Rhodan. S'il reste des robots sur Destroy, ils devraient être *sous* la montagne, pas dessus !

— L'Émir connaît peut-être la réponse, suggéra Kasom.

— C'est bien possible, en effet, admit le Stellarque. Si tu allais jeter un coup d'œil, Tolot ?

Le géant aux trois yeux rouges accepta avec un sourire et se dirigea vers le sas.

— Attention ! avertit Sengu. Il sait que vous arrivez et il vient de sortir une arme de sa carcasse.

Le Halutien, qui ne portait pas de spatiandre, répondit par le petit micro qui était fixé sur sa combinaison.

— C'est bizarre, répondit-il. Normalement, les robots agissent à découvert, sans chercher à se dissimuler. Mais cela ne fait rien, je vais m'en occuper.

Il enclencha son écran protecteur et contourna le rocher. Aussitôt, un faisceau grésillant d'énergie blanche le frappa de plein fouet, dessinant la sphère de l'écran. Tranquillement, Icho Tolot attendit que le robot vide son chargeur. Dès que le jet d'énergie s'épuisa, le Halutien débrancha son écran et franchit d'un bond les dix mètres qui le séparaient du petit robot, auquel il arracha son radiant.

— Je l'ai, annonça-t-il en empoignant la « boîte de conserve » sous le bras. Je le ramène au triscaphe ?

— Cela ne servirait à rien, dit Rhodan. Vérifiez qu'il n'a plus d'armes et laissez-le aller. On ne sait jamais, il va peut-être nous conduire à un passage secret vers l'intérieur de la montagne.

Une fois à terre, le robot s'empressa de s'éloigner. Tolot le suivait des yeux, quand une voix connue s'annonça par radio :

— Mais où êtes-vous ? On ne peut plus se fier à personne, de nos jours ! Vous me laissez là, tout seul, avec un Laurin dont je ne sais que faire et…

— L'Émir ! s'exclama Rhodan, soulagé. Les mutants nous ont attaqués. Où es-tu ?

— Au fond de la mer. Attendez-moi, j'arrive.

Au bout d'un instant de silence, le Stellarque réalisa soudain ce que le mulot avait dit.

— Qu'est-ce que tu as dit ? Un Laurin ? souffla-t-il, sidéré.

— Eh bien oui, mon prisonnier ! Tu crois que je me suis promené pendant tout ce temps ? Je vous ramène un authentique habitant de Destroy, pas un mutant !

Dans le triscaphe, personne ne pouvait émettre le moindre son. L'Émir s'éclaircit la voix et reprit :

— Alors quoi, vous avez perdu votre langue ? Je me doutais bien que cela vous en boucherait un coin, mais vous pourriez au moins me féliciter ! Oui, j'ai attrapé un beau petit haricot maigre qui n'est plus capable d'utiliser son flexorgane. Il va nous raconter tout ce qui est arrivé à Destroy et à ses habitants…

# CHAPITRE VI

Perry Rhodan avait décidé de repousser à nouveau l'appel à l'aide à Arctis. Au sommet du pic rocheux, ils étaient en relative sécurité et ils disposaient encore de quarante heures d'oxygène.

Assis sur l'un des fauteuils du pupitre de contrôle, le Laurin était totalement apathique. Un translateur avait été posé à côté de lui. Ce merveilleux petit appareil était capable de traduire plus d'un millier de langues galactiques. L'Émir était chargé de contrôler l'esprit du prisonnier pour vérifier qu'il disait la vérité.

Pendant une heure, le Laurin refusa de parler. Il était persuadé que le commando solaire avait été envoyé par les Maîtres Insulaires. Perry Rhodan, appuyé par Tolot, finit par le convaincre qu'il se trompait.

Finalement, il accepta de raconter l'histoire de sa civilisation, celle d'une civilisation perdue…

*
* *

— Nous n'avons aucun document concernant ce qui s'est passé, avertit le Laurin en guise d'introduction. Tout ce que nous savons a été transmis oralement par les survivants depuis trois siècles.

« Nous savons que ce sont les Maîtres Insulaires qui

ont anéanti notre peuple, mais nous n'en sommes pas sûrs. Ils n'ont pas agi directement. À cette époque, nous étions l'un de leurs alliés forcés. Nous ne les avons jamais rencontrés directement. Nos pouvoirs, l'invisibilité en particulier, nous ont valu l'honneur d'être choisis par les Andromédans pour servir d'éclaireurs dans la galaxie Proximale, celle d'où vous venez.

« Nous nous sommes donc rendus de l'autre côté du Grand Abîme et nous avons rencontré une résistance inattendue – la vôtre, si ce que vous dites est exact. Après nos premiers succès, nous avions bon espoir de remplir la mission que nous avaient confié les Maîtres Insulaires, mais l'adversaire a inventé une arme qui nous rendait visibles. À partir de ce moment-là, ils ont commencé à nous repousser et nous avons dû quitter la Voie Lactée.

« De retour ici, nous avons reçu un ambassadeur extraordinaire des Andromédans, qui nous a accusés d'incapacité. Nous n'avions pas réussi à détruire le protoplasme géant des Bioposis, sur le Monde-aux-Cent-Soleils. Nous avons réussi à sauver les archives concernant l'entrevue avec l'ambassadeur. Apparemment, les Maîtres Insulaires étaient très déçus et même effrayés d'apprendre que la Voie Lactée était défendue par un peuple puissant. L'ambassadeur est reparti en nous menaçant directement de terribles représailles.

« À peu près au même moment, nos savants ont retrouvé les traces d'une expédition que nous avions montée plus de vingt mille ans plus tôt. Un groupe assez important des nôtres était parti à l'intérieur de plusieurs planétoïdes creux pour atteindre la Voie Lactée. Ils avaient également emmené un groupe de créatures également dotées de pouvoirs particuliers. Capables de se nourrir d'énergie pure, elles étaient si insatiables qu'il fallait les isoler. L'objectif de la mission était de les lâcher dans la Voie Lactée, où elles auraient absorbé l'énergie sous toutes ses formes : être vivant, machine, soleil même, rien ne leur résistait. »

Le Laurin fit une pause, attendant apparemment une réaction des Terriens.

— Vous parlez de ceux que nous appelions les Luxides, confirma Rhodan. Nous avons retrouvé les planétoïdes près de notre galaxie. Les Laurins étaient tous morts, apparemment tués par les Luxides. Nous avons réussi à éliminer ces créatures diaboliques.

— Ainsi, voilà ce qui s'est passé, dit le Laurin. Nous n'avons jamais su ce qui était arrivé aux planétoïdes…

— Mais poursuivez votre récit, reprit Perry Rhodan. Qu'est-il arrivé ensuite ?

— Nous avons été chassés de tous nos mondes. Il y a eu des révoltes et des massacres, mais nous n'avions pas le choix. Finalement, tous nos ancêtres ont été rassemblés sur ce monde au soleil rouge, espérant que les Maîtres Insulaires les laisseraient tranquilles après la déportation. Mais non, le pire était encore à venir. Les Andromédans avaient décidé de nous anéantir jusqu'au dernier. Quelques-uns ont tenté de fuir pour rejoindre votre galaxie par la chaîne des transmetteurs géants, mais leurs navires ont été capturés par un peuple des Maîtres Insulaires, les Maahks.

« Peu après, une de leur flottes est apparue dans ce système. En fait, nous nous étions plus ou moins préparés à une attaque. Même si les travaux n'étaient pas assez avancés pour abriter toute la population, nous disposions déjà de quelques villes souterraines pour nous abriter. Les Maahks le savaient peut-être, ce qui les a sans doute conduit à détruire la planète avec des bombes dégageant des radiations d'une période de plusieurs siècles. Ils voulaient être sûrs que nous ne pourrions pas revenir à la surface...

« Pour plus de sûreté, les Maîtres Insulaires ont installé des postes de surveillance automatiques chargés de détruire tout moyen de transport de taille importante. Depuis, les sphères robotisées attaquent tous les navires qui se posent ici. Par contre, ils laissent en paix les êtres vivants. À l'origine, leur principale mission avait été de diffuser un rayonnement qui paralyse notre déflecteur organique. En fait, cela n'avait pas été prévu, mais ce rayonnement a induit une modification génétique qui a perduré. Aujourd'hui, notre flexorgane est en régression complète. Aucun Laurin ne pourra jamais plus s'en servir.

« Nous nous sommes souvent demandé pourquoi les Maîtres Insulaires n'ont pas totalement détruit ce monde. La réponse tient à leur épouvantable cruauté. En fait, leur vengeance n'aurait pas été complètement assouvie s'ils ne pouvaient, encore aujourd'hui, constater à quel point notre déchéance est totale. Ils regardent les mutants et se réjouissent de voir que nous sommes condamnés à rester dans nos cavernes. Un jour, il n'y aura plus de Laurins... »

Un long silence accueillit la fin du récit du Laurin.

— Et les Luxides, demanda Perry Rhodan en s'éclaircissant la voix, d'où venaient-ils ?

— C'est difficile à dire. Pendant très longtemps, nous avons cru que cette expédition était une légende. Nous n'avons qu'un seul document à son sujet et il ne précise pas l'origine des énergivores. Le seul élément qui pourrait vous être utile est que le rapport mentionne que les Luxides, comme vous dites, étaient les derniers de leur espèce. Comme vous les avez détruits, il ne devrait plus y en avoir…

Le récit du Laurin mettait un point final à deux des plus graves dangers que Perry Rhodan avait dû affronter. Les Invisibles et les Luxides appartenaient désormais au passé.

Un autre élément du drame des Laurins était extrêmement important. Perry Rhodan était maintenant certain que les Maîtres Insulaires accumulaient les erreurs. Ils étaient capables d'éliminer sans pitié leurs meilleurs alliés pour une faute qu'ils auraient pu rattraper. Isolés dans leur orgueil et leur cruauté, les Andromédans faisaient progressivement le vide autour d'eux et s'affaiblissaient d'autant. Combien de temps pourraient-ils encore compter sur les Maahks, sachant que l'un de leurs principaux chefs, Grek-1, s'était rangé du côté de l'Empire Solaire ?

Le Laurin leur avait également appris pourquoi le rayonnement des sphères robotisées avait seulement détruit leurs déflecteurs.

— Quand allez-vous me tuer ? demanda le prisonnier.

— Comment pouvez-vous imaginer une chose pareille ? s'étonna le Stellarque. Vous n'êtes pas responsable de ce qui s'est passé il y a trois siècles dans la Voie Lactée. Au contraire, nous aimerions vous aider. Malheureusement, nous sommes nous-mêmes en situation précaire et la seule chose que je puisse faire est de vous promettre de revenir un jour. Je vous donne ma parole que nous vous conduirons sur un monde sain où votre civilisation aura une chance de renaître.

— Vous feriez ça ?

— Bien sûr. Mais il faut d'abord que nous trouvions les Maîtres Insulaires. Tant qu'ils seront là, aucun des peuples de votre galaxie ni de la nôtre ne pourra vivre en paix, ajouta Perry Rhodan d'une voix déterminée.

— Les mutants, commandant, annonça le sergent Jones. Ils sont arrivés au pied de la montagne.

— Ils ont déjà cherché à pénétrer dans votre ville souterraine ? demanda Rhodan au Laurin.

— Oui, mais nous avons toujours réussi à les repousser. Ils nous haïssent parce que nous sommes restés normaux. Un jour, ils seront trop nombreux ou ils trouveront des armes. Peut-être les Maîtres Insulaires leur en fourniront-ils pour assister au spectacle. Ce jour-là, c'en sera fini de nous.

— Nous allons vous libérer, décida le Stellarque. Avertissez les vôtres de la présence des mutants.

Le Laurin ne bougea pas.

— Maintenant, je crois ce que vous m'avez dit. Vous êtes bien ceux qui ont chassé nos ancêtres il y a trois siècles. Dommage qu'ils n'aient pas su que vous étiez de taille à affronter les Maîtres Insulaires.

— À l'époque, je n'avais jamais entendu parler des Andromédans, fit remarquer Rhodan.

— Comment, vous étiez là ? s'étonna le Laurin.

— Oui, mais là n'est pas l'essentiel. Notre ami qui vous a amenés va vous reconduire dans la cité souterraine. Défendez-vous contre les mutants et essayez de survivre. Nous reviendrons.

— Tout ce que je vous souhaite, reprit le Laurin, c'est de quitter ce monde sains et saufs et de ne jamais y revenir. Nous sommes condamnés et les Maîtres Insulaires veilleront à ce que les Laurins disparaissent jusqu'au dernier. Jamais je ne convaincrai mes compatriotes de vos intentions. Nous n'avons plus d'amis, que des ennemis. Laissez-nous en paix, ne parlez pas de nous et ne revenez jamais. Par contre, je prierai pour que vous puissiez faire payer tous leurs crimes aux Maîtres Insulaires. Bonne chance, Terrien.

Le mulot attrapa la main du Laurin et disparut avec lui.

*
* *

Icho Tolot était ressorti pour explorer complètement le sommet du pic. Quand il revint, L'Émir n'était toujours pas rentré.

— Il prend encore son temps, fit remarquer Kasom.

— J'espère qu'il ne tardera pas trop, répondit Tolot. Dans une demi-heure, nous aurons les mutants et peut-être même les Laurins sur le dos. Il y a une espèce de chemin praticable au flanc de la montagne et j'ai également trouvé cinq passages qui conduisent à la ville souterraine.

— La cité est tellement grande que je n'ai aucune chance de le repérer, avoua Wuriu Sengu, qui épiait le sol en permanence.

— Il est reparti à l'aventure, dit Rhodan. Cette fois, s'il ne se dépêche pas, il aura droit à un avertissement en bonne et due forme.

Kasom grimaça un sourire mais ne dit rien.

— Les mutants sont déjà là ! cria le major Huett. Si nous bougeons, L'Émir tombera directement sur eux.

Par on ne sait quel miracle, la quarantaine de mutants qui avaient poursuivi Berger et Fuxan au fond de l'océan avaient trouvé des armes. Ils n'étaient plus quarante mais une bonne centaine. Perry Rhodan fit signe à Tom Jones d'enclencher l'écran du triscaphe et d'armer son radiant lourd. Il appela plusieurs fois L'Émir, en vain.

Tant que les mutants se contenteraient de tirer au

hasard sur le tout-terrain sans chercher à concentrer leurs tirs, tout irait bien.

Subitement, ils cessèrent le feu. Un groupe de Laurins apparut, déclenchant aussitôt une terrible salve. Les mutants, sans protection, s'affaissaient les uns après les autres. Plus personne ne semblait se préoccuper du triscaphe. Mais le répit serait de courte durée.

L'Émir reparut enfin.

— Où étais-tu ? lui demanda aussitôt Rhodan, sans lui laisser le temps de respirer.

— Les Laurins étaient en pleine alerte, expliqua le mulot. Il a fallu que je mette le prisonnier à l'abri. Il avait peur d'être interrogé. J'ai lu dans ses pensées que ses congénères le tueraient sans hésitation s'ils apprenaient qu'il était entré en contact avec nous. Qu'est-ce qui se passe ici, vous avez des problèmes ?

— Pour l'instant non, les Laurins s'en prennent aux mutants, mais cela ne va pas durer. Allez-y, Jones, décollez, nous n'allons pas nous mêler de leurs problèmes.

Le décollage du triscaphe eut un effet inattendu. Laurins et mutants dirigèrent instantanément leurs tirs sur le tout-terrain, qui fut secoué par plusieurs impacts groupés.

Jones poussa les moteurs à fond et le triscaphe accéléra à la verticale avant de mettre le cap sur la grande cité en ruine.

Le problème, c'est que pour la première fois l'engin dépassa une certaine altitude. Des relais vieux de trois siècles se mirent en route et les sphères robotisées reçurent l'ordre d'intervenir…

## CHAPITRE VII

Ils se posèrent près de leur ancien camp. Les mutants avaient disparu. Le triscaphe une fois garé dans son abri, Perry Rhodan se prépara à entreprendre une dernière expédition avant d'envoyer un S.O.S. hypercom à Atlan. Évidemment, c'était une erreur.

Ils étaient rassemblés dans l'abri quand Jones les alerta par radio :

— Six objets volants en approche, commandant. Apparemment, ce sont des sphères robotisées. Altitude cinq mille mètres, distance vingt kilomètres. Elles viennent d'entamer un piqué droit vers nous…

Le Stellarque réagit immédiatement.

— Évacuez immédiatement ! ordonna-t-il à Jones.

— Mais, commandant, avec les radiants…

— Dehors, vite ! répéta Rhodan. Vous n'avez pas une chance. Souvenez-vous de la *C-17*.

Moins d'une minute plus tard, Jones et ses deux hommes, épuisés, rejoignaient l'abri. Ils avaient emporté un radiant lourd avec eux.

Les six sphères n'étaient plus qu'à un kilomètre. Éblouis, les Terriens distinguèrent les petits points noirs qui fonçaient droit sur eux dans le soleil couchant. Les systèmes automatiques devaient avoir enregistré les caractéristiques du triscaphe, puisque les robots ouvrirent sans hésiter le feu sur lui. Le tout-terrain explosa à la première salve. Les sphères refirent un passage, montèrent en chandelle et s'éloignèrent.

Les mâchoires serrées, Perry Rhodan avait assisté à la destruction de leur seul véritable abri sur ce monde empoisonné. Avec un calme extraordinaire, il parvint à dire :

— Vous avez bien fait d'emmener un radiant lourd, sergent, cela nous sera utile. J'aurais quand même préféré que vous preniez l'émetteur hypercom. Maintenant, nous sommes coupés d'Arctis…

*
* *

Quand la nuit tomba, il ne leur restait plus que vingt heures d'oxygène. Les systèmes de protection de Destroy ayant enregistré la présence des occupants du triscaphe, ils reçurent une nouvelle visite des sphères, qui procédèrent à leur habituel arrosage antidéflecteur.

Au petit matin, un groupe de mutants s'approcha de l'abri et fouilla l'épave du triscaphe. Ils repartirent avec quelques bouts de ferrailles calcinées et s'éloignèrent sans avoir aperçu les Terriens.

La matinée s'étira lentement. Trois hommes avaient été placés en sentinelle sur les tertres les plus proches. De son côté, L'Émir effectua quelques reconnaissances par téléportation, sans découvrir de mutants.

Pendant ce temps, les mutants qui avaient survécu à la bataille contre les Laurins, au sommet du pic, s'étaient mis en route pour revenir à la ville. Ils avaient marché toute la nuit.

En début d'après-midi, aucun des Terriens n'avait encore cédé à la panique. Pourtant, il ne leur restait plus que cinq à six heures de réserves d'air. Sans grand espoir, Perry Rhodan avait fait envoyer des appels par radio vers Station Louvre, la base solaire d'Arctis.

Ils étaient encore confiants. Si Atlan s'en tenait au délai, et s'il n'y avait pas de contretemps, une visite inopinée des Deux-Nez, par exemple, les secours ne tarderaient plus à arriver.

Ils aperçurent au loin la colonne des mutants. Ils se traînaient lamentablement dans le sable, sous la braise incandescente du soleil.

— Ils ont l'air épuisés. Je ne sais pas s'ils auraient la force de nous attaquer, dit le major Huett.

— Parlez moins fort et économisez votre souffle, se contenta de répondre Kasom.

— De toute façon, ils reviendront, dit Rhodan. Il vaudrait mieux que nous nous répartissions les chargeurs qui restent.

— Et l'*Imperator*, commandant ? dit Tom Jones. Les robots vont l'attaquer.

— Atlan s'en débarrassera, affirma Rhodan.

— Je suis d'accord avec vous, commandant, dit Kasom, mais le combat ne passera pas inaperçu et cela risque d'attirer du monde…

— Nous n'y pouvons rien, répondit le Stellarque, qui vérifiait son radiant. Nous ne pouvons pas rester en permanence sous les glaces d'Arctis. De toute façon, le jeu de cache-cache se serait vite terminé.

Pour le moment, tout était calme. Perry Rhodan profita de ce moment de répit pour s'entretenir avec L'Émir :

— Tu as vu la ville des Laurins, petit. Est-ce qu'ils ont une chance de survivre, à ton avis ?

— Bien sûr. Ils sont autonomes sur tous les plans.

Leur approvisionnement en air est limité, mais ils se débrouillent. Ils disposent d'énormes centrales d'énergie et je ne serais pas surpris qu'ils construisent secrètement des navires pour échapper à Destroy.

— J'ai l'impression que les Maîtres Insulaires attendent justement ce jour-là avec délectation.

— Sinon, si les mutants parviennent à pénétrer dans la cité souterraine, les Laurins pourront résister quelques mois tout au plus.

— Commandant ? les interrompit Berger par radio.

— Oui, qu'y a-t-il ?

— Nous enregistrons des signaux. Ils sont très faibles, mais il s'agit d'ondes de détection.

Le Stellarque sauta sur ses jambes et courut vers le sergent Jones.

— Appelez l'*Imperator* en clair et demandez-leur de préciser leur position, sergent.

La réponse leur parvint deux minutes plus tard. C'était bien l'*Imperator*.

— Atlan, prépare-toi à être accueilli par des essaims de petits robots volants. Ils ne devraient pas poser de problèmes, mais ils combattent sans se préoccuper de leurs propres pertes. La *C-17* a été détruite par dix d'entre eux. Il faut nous récupérer en vitesse. Nous n'avons plus beaucoup d'oxygène…

— Je sais, répondit tranquillement l'Amiral, dont la voix trahissait néanmoins le soulagement. La *C-17* a été détruite, dis-tu ?

— Oui. Balaye les robots dès qu'ils apparaîtront, c'est la seule solution. Tu nous a localisés ?

— Vous êtes enterrés près d'un champ de ruines. Vous faites de l'archéologie ?

— Notre trou nous a déjà sauvé la vie deux fois, alors un peu de respect, Arkonide !

— D'accord. Nous sommes juste au-dessus de vous, à cinquante kilomètres d'altitude. Nous descendons. Toujours pas de robots en vue.

Cinq minutes plus tard, l'énorme sphère apparut au-dessus d'eux, jetant une ombre démesurée sur les sables vitrifiés de Destroy. L'écran bleu pâle du géant de l'espace brillait doucement dans le ciel vert céladon.

— Ils arrivent, annonça soudain Atlan d'une voix précipitée. Il y en a des centaines.

— Alors tirez tout de suite ! le pressa Rhodan.

Il venait de contrôler ses réserves d'oxygène. Une heure et demie !

Vue du sol, l'arrivée des sphères était impressionnante. On aurait dit des vols convergents d'oiseaux migrateurs qui piquaient sur une proie. Le supercroiseur n'avait pas encore ouvert le feu. Son énorme masse semblait planer dans les airs tel un colossal et paisible ballon.

Mais, cette fois, les sphères n'allaient pas pouvoir profiter de l'effet de surprise. Leur adversaire était une forteresse grondante d'énergie qui était faite pour conquérir des systèmes planétaires entiers.

Les premières ondes de choc, quelques minutes après que l'*Imperator* se soit transformé en un globe étincelant, obligèrent les membres du commando à s'abriter à l'intérieur de leur abri et de la tranchée.

Le supercroiseur tirait de toutes ses pièces. Quelques fractions de seconde après qu'elles aient été calées par les systèmes de poursuite positroniques, les sphères explosaient sans rémission. Une véritable pluie de débris incandescents s'abattait sur la ville vitrifiée.

Au bout de cinq minutes, une deuxième vague de sphères attaqua l'*Imperator*. Quand tout fut terminé, Perry Rhodan rappela Atlan :

— Apparemment, ils ont épuisé leur stock de robots. Tu devrais venir nous chercher avant que les mutants attaquent.

— Les quoi ? s'étonna l'Amiral.

— Des mutants, nous t'expliquerons plus tard.

Le supercroiseur parut se précipiter vers le sol. À la dernière seconde, Heske Ha'lurin freina brusquement. L'arrivée de la sphère d'un kilomètre et demi déclencha une véritable tornade. Perry Rhodan donna l'ordre d'abandonner la position pour rejoindre l'*Imperator*, qui s'était posé à un peu moins d'un kilomètre.

L'Émir imita d'abord ses compagnons, mais il préféra finalement se téléporter et attendit tranquillement ses compagnons au pied du faisceau antigrav inférieur du supercroiseur. Au-dessus de sa tête, une salve radiante siffla. Les premiers mutants s'étaient déjà lancés à la poursuite des Terriens.

Arrivés les premiers, Tolot et Kasom attendirent leurs compagnons avant de se laisser enlever dans les airs.

— Ah, vous voilà enfin ! s'exclama le mulot en voyant Perry Rhodan arriver avec les derniers membres du groupe. Vous manquez de souffle, on dirait !

Sans cesser de courir, Rhodan se baissa et administra une tape monumentale sous la queue du mulot. Malgré son spatiandre, il fit un bon de cinquante centimètres en l'air.

— Et toi, tu manques d'exercice ! repartit Rhodan.

Sans répondre, L'Émir se plaça avec les autres dans le faisceau antigrav. Curieusement, Perry Rhodan commença brusquement à accélérer, montant plus vite que les autres.

— L'Émir, arrête tes bêtises ! cria-t-il en comprenant ce qui lui arrivait.

Une fois dans le sas, le mulot regarda Rhodan en plissant les yeux, se retenant pour ne pas éclater de rire.

L'*Imperator* décolla aussitôt. Quand Perry Rhodan atteignit le central, Destroy n'était déjà plus qu'un petit disque lumineux dans l'espace. Il se laissa tomber dans l'un des fauteuils de l'estrade centrale, près d'Atlan et du colonel Ha'lurin.

— Cela fait du bien de respirer sans se dire que la prochaine inspiration risque d'être la dernière, dit le Stellarque.

— D'où viennent-ils ces mutants ? voulut savoir Atlan, intrigué.

Rhodan lui résuma ce qui s'était passé sur Destroy. Quand il eut fini, Atlan siffla entre ses dents.

— Incroyable, les Laurins ! Dire que nous nous sommes cassé la tête pendant trois cents ans sur le mystère de leur disparition. Les Maîtres Insulaires sont vraiment des monstres. Qu'est-ce que nous pouvons faire pour les Laurins ?

— Pour l'instant, rien, répondit Rhodan. Notre première priorité reste la discrétion. La disparition des sphères robotisées a déjà dû être signalée et les Deux-Nez ont sûrement capté les décharges d'énergie de l'*Imperator*. Nous risquons de nous retrouver bientôt avec toute une flotte de Deux-Nez ou même, au pire, de Maahks. Plus tard, nous nous occuperons des Laurins. Cela nous fera des alliés sûrs.

— Plongée linéaire, commandant ? demanda Heske Ha'lurin à Rhodan.

— Allez-y et prévenez Station Louvre dès notre réémersion qu'ils ouvrent le hangar de l'*Imperator*.

Le supercroiseur plongea presque aussitôt. Apparemment, aucun navire ennemi ne s'était encore manifesté. Sorti de l'entrespace quelques minutes plus tard, l'*Imperator* regagna rapidement son abri glaciaire. Le couvercle de glace se reconstitua avant même que le géant de l'espace atteigne le sous-sol rocheux d'Arctis.

À peine posé, l'*Imperator* reçut une mauvaise nouvelle. Le colonel Rudo avertit Rhodan et Atlan qu'une flotte importante avait été décelée. Les navires n'avaient pas encore été identifiés par les détecteurs de Station Louvre, mais ils se dirigeaient sans aucun doute vers le système Ha'lurin.

— Il est trop tard pour faire quoi que ce soit pour les Laurins, dit le Stellarque. J'espère que ce ne sont pas des Maahks. Nous ne pouvons qu'attendre et voir venir.

La surface d'Arctis, tel un miroir gelé, réfléchissait les rayons rougeâtres du soleil. Sous plusieurs kilomètres de glace, les supercroiseurs solaires attendaient, apparemment à l'abri.

Pourtant, les détecteurs ultrasensibles de Station Louvre n'avaient pas encore identifié le danger qui s'approchait. Venu du centre d'Androbéta, il était encore trop loin, mais les Terriens, tendus, redoutaient son arrivée.

Ils avaient raison. Ce qui s'approchait apportait la mort, une mort venue de loin, de la Nébuleuse d'Andromède.

# DEUXIÈME PARTIE

# AU SEUIL DE L'ENFER

# CHAPITRE PREMIER

Pour accomplir un tour complet de son soleil, Arctis avait besoin de quatorze années terrestres. Alors que la température moyenne ne dépassait jamais moins 50 °C durant l'hiver planétaire, elle atteignait au maximum 10 °C pendant l'été, qui durait trois ans.

Bien que son atmosphère soit respirable pour l'homme, Arctis n'avait jamais donné naissance à la vie. Pendant l'hiver, Ha'lurin, le petit soleil rouge, n'était pas assez puissant pour entretenir le moindre germe de vie. La surface d'Arctis ne comptait ni océans ni continents, seulement un manteau continu de glace épais de huit à dix kilomètres.

Quatre jours plus tôt pourtant, des êtres évolués étaient apparus sur la planète glacée. De monstrueuses sphères de terkonite supportées par un anneau de flammes bleutées s'étaient enfoncées à l'intérieur de la croûte de glace.

Les uns après les autres, les géants de l'espace s'étaient succédé. Deux d'entre eux étaient repartis peu après et venaient de revenir.

Le lieutenant-colonel Aïno Uvanok était chaudement emmitouflé. Son haleine se glaçait au fur et à mesure qu'il respirait. Un blizzard mordant lui cinglait le visage avec de petits cristaux de glace. À son bras, le témoin de température indiquait moins 48 °C. Mais Uvanok semblait ne pas s'en apercevoir. Il avait réglé sa combinaison au plus bas et retiré son masque de protection. Là où il avait passé son enfance, sur l'île Nuvinak, dans le Nord de l'Alaska, il faisait souvent plus froid et plus sombre, le vent soufflait régulièrement en tempêtes plus violentes que le blizzard d'Arctis.

Les yeux plissés, Uvanok suivait des yeux l'immense sphère d'un kilomètre et demi qui s'enfonçait à dix mètres par seconde dans la couche de glace à une centaine de mètres de lui. Chassé par l'énorme masse, l'air s'échappait du puits en sifflant, soulevant un nuage opaque de particules de glace. Dans le brouillard, Uvanok réussit à déchiffrer les immenses lettres fluorescentes qui ornaient la coque : *Imperator*, OMU 1.

Le glisseur d'Uvanok s'élevait à une vingtaine de mètres de hauteur. Le puits obscur par lequel l'*Imperator* avait disparu s'illumina d'une discrète lueur vert émeraude. Les projecteurs du supercroiseur venaient de dresser une coupole énergétique de protection à deux kilomètres de profondeur. À la surface, près de lui, un gros glisseur de transport stationnait à la verticale du puits. Des faisceaux d'énergie pulsatiles étendirent leurs bras sur un diamètre de trois à quatre kilomètres, formant une roue qui entama un mouvement en spirale.

Les masses de glace récoltée fondaient en sifflant. Chassée par l'énergie du champ rotatif, la vapeur d'eau se précipitait vers l'intérieur du puits, où elle refroidissait instantanément.

Un quart d'heure plus tard, plus rien n'indiquait que le vaisseau amiral de l'O.M.U. se trouvait à l'abri sous la couche de glace de la planète gelée.

*
* *

Hong Kao, le mathématicien en chef du *Krest II*, descendit tranquillement l'escalier qui menait au premier étage du bloc positronique et rejoignit le central du vaisseau amiral. En le voyant entrer, un grand homme mince qui semblait l'attendre se leva et vint à sa rencontre.

— Eh bien ? demanda le Stellarque à voix basse.

Le visage tiré, Hong Kao souriait. Mais le mathématicien souriait tout le temps.

— Le danger paraît extrême, commandant, dit-il finalement.

Perry Rhodan paraissait s'attendre à la réponse. Contrairement à Hong Kao, son visage ne trahissait aucune tension. Un homme avec son expérience savait refouler ses émotions face au danger.

— Que dit le cerveau IP de la flotte qui arrive ?

Le mathématicien agita une feuille couverte de symboles sans pour autant la lire.

— Il y a quatre-vingt-dix-huit pour cent de chances pour que les unités de surveillance de la micronébuleuse aient capté le combat qui a eu lieu sur Destroy. Si la flotte continue sur sa lancée, elle sera ici dans un peu plus de trois heures et il y a soixante-dix-huit pour cent de chances pour que l'on ne se contente pas d'un examen superficiel de Destroy, commandant.

— Vous avez fait calculer la probabilité de découverte de Station Louvre ? reprit doucement le Stellarque.

— Très difficile à dire, commandant. S'il s'agit d'une flotte deux-nez, nous ne savons pas jusqu'à quel point ils vont poursuivre leurs investigations.

— Faites quand même établir un schéma et une

échelle de probabilité ainsi que les ripostes appropriées, Kao. Merci.

Quand le mathématicien fut parti, Perry Rhodan ne retourna pas immédiatement à la table de navigation. Il jeta un coup d'œil sur le grand écran panoramique. Les antennes dissimulées au-dessus de Station Louvre transmettaient une image extrêmement précise de l'espace et de la surface d'Arctis. Les cinq supercroiseurs et les six transporteurs étaient vraiment dissimulés au mieux. Certes, l'installation de la base était encore loin d'être terminée, mais les premiers couloirs de connexion qui reliaient les différents hangars entre eux facilitaient déjà les communications. Pour l'instant, Station Louvre n'était au mieux qu'une cachette.

Le Stellarque se sentait seul et isolé. L'opération Androbéta ne comptait que cinq navires de combat. Ils avaient dû abandonner Troya, le satellite secret, et se replier sur Arctis sous la pression des flottes des Deux-Nez. Cinq supercroiseurs pour affronter les Maîtres Insulaires, dont ils venaient encore de vérifier la puissance et l'inadmissible cruauté sur Destroy... Mais Atlan l'avait prévenu depuis le début. L'opération était d'une témérité folle et Perry Rhodan savait qu'il courait des risques. Bien loin de la Galaxie et de la base solaire la plus proche, le Système Perdu, ils étaient condamnés à faire preuve d'audace pour s'en sortir.

Le Stellarque s'installa à nouveau dans son fauteuil près de la table de navigation et se tourna vers son voisin, qui le dévisageait de ses yeux couleur de rubis.

— Tu avais raison, Atlan, nous avons mis la main dans un nid de frelons.

— Ça, nous le savons depuis le début. Ce qui m'inquiète le plus, c'est que les Maîtres Insulaires vont sûrement vouloir se mêler plus directement des affaires d'Androbéta, maintenant. Les Deux-Nez ne sont pas les plus efficaces de leurs alliés, de toute façon.

— Comment pourrions-nous améliorer nos chances ?

— Que faites-vous, vous autres Terriens, quand vous mettez la main par erreur dans un nid de guêpes ? demanda Atlan.

— Euh, je ne sais pas, répondit Rhodan, étonné. Nous la retirons, j'imagine.

— Exactement, martela l'Amiral. En général, d'après ce que j'ai vu, vous prenez même aussi vos jambes à votre cou !

— Il y a une autre solution, repartit le Stellarque : faire le mort. Cela me semble plus avisé que de nous trahir par une fuite au moment où ils ignorent encore qui nous sommes.

Atlan haussa les épaules.

— Tu voulais une idée, Perry, je n'ai rien de mieux à te proposer. Soit nous faisons le mort, soit nous partons. L'alternative est simple.

— Mais pas acceptable, affirma Rhodan.

— Je te l'accorde. Mais une chose est sûre. Si les Deux-Nez nous découvrent, nous n'aurons plus le choix.

Le Stellarque se contenta de hocher la tête. Il savait qu'Atlan avait raison. La situation n'était pas brillante. Agacés par les événements incompréhensibles qui se déroulaient depuis plusieurs semaines dans la micronébuleuse, les Deux-Nez avaient redoublé d'activité dans l'espace. Sans doute craignaient-ils aussi la réaction des Maîtres Insulaires s'ils ne remplissaient pas correctement leur tâche.

Les calculs effectués par Hong Kao arrivèrent un quart d'heure plus tard. La meilleure solution était de loin de faire le mort.

Malheureusement, les calculs de l'impotronique étaient déjà faux. Les mathématiciens du *Krest II* ignoraient l'une des variables majeures du problème.

*
* *

Tendu, le lieutenant-colonel Uvanok étudiait le plan des installations. Les zones rouges indiquaient les angles d'observation des multiples détecteurs de Station Louvre. Son glisseur suivait un invisible labyrinthe, changeait sans cesse de direction.

L'engin était dépourvu d'armes et d'écran protecteur. Par contre, il disposait d'un générateur de champ anti-détection très efficace, le même que celui qui protégeait les antennes de la base, invisibles à l'œil nu.

Avec un soupir, Uvanok quitta la zone des faisceaux de détection et accéléra en ligne droite à quelques mètres du sol. Il s'alluma un de ses petits cigares noirs dont tout le monde détestait l'odeur. Les cristaux de glace fouettaient durement le pare-brise du véhicule, de plus en plus secoué par le blizzard. Une tempête devait se lever.

Inquiet, Uvanok jeta un coup d'œil sur les bidons marqués d'une tête de mort arrimés sur le plancher. En principe, leur contenu était insensible aux chocs, mais comment savoir ce qu'il en était vraiment ?

Une rafale plus forte que les autres déporta violemment le glisseur. Sur le côté, Uvanok vit avancer vers lui à toute allure la paroi d'un haut névé. S'il se laissait faire, sa mission allait se terminer avant d'avoir vraiment commencé.

Il poussa l'accélération à fond. Rien n'y fit. Au moment où il allait percuter, des tourbillons l'éloignèrent de la paroi. Le glisseur tourna plusieurs fois sur lui-même avant qu'Uvanok parvienne à le stabiliser.

Le lieutenant-colonel fit le point et repartit. Son cigare le dégoûtait tout à coup. Il le jeta sur le sol métallique et l'écrasa d'un coup de botte. Il était furieux. Il ne pouvait tolérer que sa mission soit mise en danger par le premier incident venu. Sur Arctis, il devait tout considérer comme un danger potentiel. Et pourtant, le véritable danger n'était pas encore là !

*
* *

Perry Rhodan se réveilla en entendant le hurlement des sirènes.

Il sut tout de suite ce qui se passait. Comme d'habitude, il s'était couché tout habillé. Depuis qu'ils étaient dans les parages d'Andromède, le sommeil était devenu une denrée rare pour lui. Il passa son ceinturon et sortit à grands pas de sa cabine.

Les coursives étaient calmes. Personne ne courait. L'équipage était depuis plusieurs heures en état d'alerte. Les lumières avaient été réduites au minimum pour économiser l'énergie des générateurs.

L'escadre annoncée devait être arrivée.

Sur l'écran panoramique, les impulsions transmises depuis la surface d'Arctis étaient reconstituées en images d'une grande précision. Deux navires en forme de goutte d'eau venaient d'entrer dans le système et fonçaient vers Destroy.

Perry Rhodan se tourna vers le colonel Rudo, capitaine du *Krest II*.

— Seulement deux navires ? s'étonna-t-il.

— Malheureusement pas, commandant, les autres arrivent.

Les avertisseurs des détecteurs de masse commencèrent en effet à bourdonner sans interruption. Un million de kilomètres derrière l'avant-garde, une flottille de vingt unités lourdes émergea de l'entrespace. Les Deux-Nez paraissaient prendre l'affaire très au sérieux. Plus que le sens du devoir, c'était la peur des Maîtres Insulaires qui les incitait à se donner du mal.

Les deux premiers navires commencèrent à ralentir à six millions de kilomètres de Destroy, comme s'ils voulaient attendre le gros de leurs forces.

Un frisson parcourut le dos de Perry Rhodan. Le bourdonnement des détecteurs de masse ne s'était pas arrêté avec l'arrivée de la première flottille, qui avait été suivie par une véritable escadre d'une centaine de navires. Une autre flottille avait suivi, elle-même annonciatrice d'une autre escadre.

— Tu n'aurais pas cru qu'ils enverraient tant de monde, n'est-ce pas ? lança ironiquement Atlan.

Le Stellarque lança un regard acéré à son ami. L'attitude décontractée qu'il affichait sonnait faux.

— Exact, nous avions oublié d'intégrer le facteur peur des Deux-Nez. Les Maîtres Insulaires ont dû les menacer du pire si les Bleus ne leur annoncent pas rapidement que nous avons été éliminés.

— À ma connaissance, les Nez-Bleus n'ont pas de raison de s'en faire, reprit Atlan sur le même ton. Ils finiront bien par nous trouver tôt ou tard, non ?

— Ils vont commencer par explorer Destroy. Cela nous laissera un peu de répit.

Atlan ouvrit la bouche pour répliquer, mais un bruit épouvantable se déclencha soudain dans le central. C'était un sifflement très aigu. Les hommes plaquèrent leurs mains sur leurs oreilles jusqu'à ce que Rhodan ait le réflexe de baisser le niveau général des haut-parleurs sur le pupitre de commandement.

Le bruit diminua aussitôt, mais il recommença à s'intensifier rapidement. Cette fois, aucun réglage ne put le modifier. Perry Rhodan boucla d'une geste le casque de son spatiandre, vite imité par tous les hommes du central. Seul Cart Rudo n'avait pas encore réagi au bruit.

Au regard interrogateur que Rhodan lui lança, Atlan répondit en haussant les épaules par minicom :

— Je n'en sais pas plus que toi.

— Bien, nous allons en avoir le cœur net, dit-il en ajustant le canal d'émission de son minicom.

*
* *

Mourhik était commandant en chef de la flotte dépêchée dans le système Ha'lurin. Il n'avait rien d'humain. Son unique œil à facettes se détachait nettement au milieu de sa tête globuleuse, qui donnait naissance de chaque côté, en bas, à deux trompes d'un beau bleu vernissé.

Mourhik répartissait ses unités selon un plan préétabli. Nul doute que les impulsions hyperdimensionnelles aient bien été émises depuis le petit système rouge. Pour le haut état-major des Bleus, ces événements inexpliqués devaient nécessairement être en relation avec les mystérieux navires qui les narguaient ces derniers temps. Ils croyaient qu'ils étaient repartis vers Andromède, mais cela n'avait été manifestement qu'une manœuvre de diversion.

La flotte bleue se forma autour de Ha'lurin I. Le commandeur voulait des résultats. Peu lui importait le calme qui régnait sur Destroy. Le blocus était total. Si les étrangers se trouvaient encore sur la planète irradiée, ils étaient pris au piège.

Quand le haut-parleur de ses émetteurs hypercom se mit à lancer son bizarre sifflement, Mourhik fut aussi surpris que les Terriens sur Arctis.

Le Deux-Nez crut d'abord qu'il s'agissait d'une manœuvre de ceux qu'il poursuivait. Rapidement, les premières analyses montrèrent qu'il s'était trompé. La source du bruit était impossible à localiser. En tout cas, il ne provenait pas du système rouge. Le commandeur se reprit bien vite en constatant un certain flottement chez ses capitaines. La flotte avait perdu son impeccable formation. Il lança un sévère rappel à l'ordre.

Enfin, ses mille navires furent rassemblés au-dessus de Destroy, à quarante mille kilomètres d'altitude seulement.

Mourhik ordonna le débarquement du premier groupe. Vingt navires en goutte d'eau se séparèrent de la flotte et se préparèrent à atterrir.

C'est alors que les premiers jets radiants fusèrent, ruisselant sur les écrans des navires.

Mourhik jaugea rapidement les capacités militaires des assiégés. Leurs forces étaient purement défensive et à courte portée. Sa flotte était largement supérieure. Le commandeur décida de tester prudemment les défenses adverses. Peut-être ne s'agissait-il après tout que d'installations automatiques. Il rappela ses vingt unités et renvoya plusieurs autres groupes vers la surface. Chacun d'eux se heurta à une forte résistance. Mourhik perdit onze navires, mais les renseignements qu'ils lui avaient permis de recueillir étaient très importants. Sa première supposition était juste. Il n'avait affaire qu'à des navires robotisés.

Il serait facilement venu à bout de leur résistance,

mais il hésitait. Les hyperondes venues du néant étaient de plus en plus fortes.

Inconsciemment, Mourhik sentait que ces hyperondes étaient un signal avancé de quelque chose de bien plus menaçant que les quelques robots de Destroy.

Finalement, il décida de suspendre les opérations. Les mille navires deux-nez croisaient autour des villes vitrifiées sans rien faire. Ils attendaient.

*
* *

Perry Rhodan tenait nerveusement les feuilles de plastopapier sur lesquelles le central de détection lui avait communiqué les coordonnées d'émission des hyperondes. Il les feuilleta rapidement puis les lança par terre d'un geste agacé.

— De mauvaise humeur, Perry ? lança Atlan, étonné de le voir agir de la sorte.

— Regarde toi-même, tu comprendras ! s'exclama Rhodan.

L'Amiral ramassa les feuillets et commença à les lire. Perry Rhodan se rassit et observa l'écran panoramique. Les impulsions étaient transmises en bas de l'image sous forme schématisée. On voyait toujours Destroy et les propulseurs de la flotte bleue. Les Nez-Bleus paraissaient hésiter. Depuis dix minutes, ils n'avaient pas cherché à poursuivre leurs reconnaissances. Les Terriens avaient été très surpris de constater que les robots de surveillance, qui obéissaient aux Maîtres Insulaires, s'opposaient à l'arrivée des Deux-Nez, eux aussi soumis au pouvoir des Andromédans. Cela traduisait un surprenant manque de coordination.

— Tu as raison, dit finalement Atlan. On dirait que la source des impulsions se trouve très près…

— Cela paraît logique, opina Rhodan. Elles sont si fortes que les récepteurs de deux transporteurs ont sauté.

— Elle pourraient être relayées par Andromède ?

— Non, elle proviennent bien d'Androbéta, insista Rhodan.

— En tout cas, pas de ce système, reprit Atlan.

— Non, en effet, confirma le Stellarque. Ce qui m'inquiète le plus, c'est que les Deux-Nez paraissent également se demander ce qui se passe. Ils sont chez eux, après tout.

— Est-ce qu'il y aurait une troisième force ici, qui s'en prendrait aux Maîtres Insulaires ? suggéra l'Amiral.

— Je n'en sais rien, mais tout cela ne me dit rien qui vaille, repartit Rhodan, qui releva la tête en voyant Tolot entrer dans le central. Alors, tu es curieux, toi aussi ? lança-t-il amicalement.

— Oui, mais même mon planicerveau ne me suggère rien de valable, avoua le Halutien.

Ils restèrent assis en silence pendant quelques minutes, jusqu'à ce qu'une violente détonation retentisse dans le central. La lumière vacilla et une fumée âcre sentant l'ozone et le plastique envahit la salle. Les sirènes se mirent à hurler.

L'un des officiers hurla quelque chose à propos des détecteurs de structure. Perry Rhodan comprit ce qui s'était passé. Une masse énorme venait de faire irruption dans le système en ébranlant la structure quadridimensionnelle de l'espace-temps.

Les systèmes de sécurité avaient parfaitement fonctionné. Les voyants du haut pupitre des détecteurs se rallumèrent les uns après les autres, mais le signal d'alarme du détecteur de structure continua de lancer son signal d'alerte.

Il était nettement plus fort que le sifflement transmis par l'hypercom.

*
* *

Mourhik constata avec effarement que les détecteurs de structure de tous ses navires avaient sauté simultanément. Ce qu'il redoutait au fond de lui-même venait d'arriver.

Un ébranlement aussi effroyable ne pouvait qu'être lié à un danger terrible. L'œil unique de Mourhik brillait d'excitation. Il transmit l'ordre à sa flotte de se retirer à distance raisonnable de la planète et de se placer en formation de bataille. Toutes les unités légères se placèrent sur les bords, entourant les navires de fort tonnage.

Les disjoncteurs des détecteurs étaient réparés, mais les avertisseurs continuaient de lancer leurs incessants appels.

Mourhik attendait.

Personne ne savait d'où le danger viendrait. Par sécurité, le commandeur envoya quelques unités en observation tout autour du système. Ainsi, pensait-il, ils verraient l'adversaire arriver.

Il ne pouvait pas se douter que les officiers de tous ses navires perdraient tous leurs moyens en découvrant ce dont il s'agissait.

La flotte s'éparpilla, chacun des commandants ne pensant qu'à une chose : fuir le plus loin et le plus vite possible.

Mourhik lui-même était si stupéfait qu'il ne pensa pas un instant à empêcher la débandade de sa flotte. Il contemplait, incrédule, l'énorme monstre précédé d'éclairs colossaux qui s'avançait à leur rencontre à la moitié de la vitesse de la lumière.

On aurait dit un soleil qui traversait l'espace à une allure inconcevable. Pourtant, le monstre était nettement plus petit qu'un soleil. Ellipsoïde, il mesurait quarante mille kilomètres de long pour quinze mille d'épaisseur environ.

Quand il comprit que le monstre se dirigeait vers eux, Mourhik éprouva brusquement une amertume brûlante qui le mit dans un état de rage froide. « On » était mécontent des Deux-Nez, « on » leur envoyait un exterminateur qui allait semer la mort et la destruction dans toute la micronébuleuse.

Mourhik savait que toute résistance était inutile. Il convoqua ses officiers et leur demanda leur avis. La plupart d'entre eux lui conseillèrent de fuir, mais il leur expliqua que leur survie n'était de toute façon plus qu'une question de jours ou de semaines et qu'ils n'avaient qu'une alternative : mourir dans l'honneur ou déshonorés.

Le navire amiral de la flotte accéléra vers le monstre. Avant qu'il ne l'atteigne, une dizaine d'autres unités le rejoignirent pour leur ultime bataille.

Mais le monstre bardé de flammes ignorait ce qu'était le courage et l'honneur. Il enregistra la présence de quelques minuscules corps étrangers et se contenta de leur envoyer une faible décharge.

## CHAPITRE II

Après plusieurs tentatives, les techniciens réussirent à réduire le bruit de l'hypercom et des détecteurs de structure à un niveau acceptable. Le central du *Krest II* retentit à nouveau du discret bourdonnement des instruments.

Rien n'indiquait que le vaisseau amiral était en alerte rouge. Pourtant, Perry Rhodan savait que chacun des hommes du navire allait devoir affronter un terrible danger. Quatorze secondes plus tôt, le Stellarque avait découvert ce que l'énorme ébranlement de structure annonçait.

Le Moby était le plus gros qu'ils aient jamais rencontré. En soi, son arrivée n'était pas particulièrement inquiétante. Ils avaient déjà rencontré plusieurs fois des monstres de l'espace. La plupart d'entre eux étaient morts. Mais une taille pareille, un tel dégagement d'énergie ! D'où sortait ce colosse ?

Le Stellarque s'était rendu près du pupitre de Hong Kao, qui alimentait la positronique de toutes les données disponibles concernant le Moby et son arrivée. Le Chinois ne souriait plus. De grosses gouttes de sueur perlaient sur son front.

— Voilà, commandant, dit le mathématicien. J'ai tout fait passer. Il ne nous reste plus qu'à attendre.

— Merci, Kao. Vous devriez prendre un peu de vacances, de temps à autre, dit le Stellarque, mi-sérieux.

— Comment ? s'étonna Hong Kao. Des vacances ? Mais, commandant, il faudrait que je cherche ce mot dans le dictionnaire pour savoir ce que cela veut dire…

— Compris, Kao, vous serez de la première bordée lorsque nous serons de retour dans la Galaxie, promit Rhodan.

— Comment ? s'étouffa presque le mathématicien. Vous voulez dire que vous n'êtes pas content de mes services, commandant ?

— Mais si, bien sûr, Kao, je ne pourrais souhaiter meilleur homme à votre poste, le rassura Rhodan.

— Bien, dans ce cas, j'accepte, dit Hong Kao en retrouvant le sourire. Mais à une condition…

— Oui ?

— Eh bien, si vous le permettez, commandant, je voudrais passer mes premières vacances sur le monde d'origine des Maîtres Insulaires.

Stupéfait, Perry Rhodan ne sut d'abord comment réagir. Finalement, il éclata de rire et secoua la main du mathématicien sans pouvoir s'arrêter.

— Merci, Kao. À mon tour, je vous fais une promesse. Je vais faire l'impossible pour que vous puissiez les avoir bientôt, ces vacances-là.

— Commandant ! gronda la voix de Tolot. Grek-1 voudrait te parler.

Sans perdre de temps, le Stellarque s'éloigna. Grek-1 le dérangeait rarement. Il devait s'agir de quelque chose de très important.

Certains membres de l'état-major solaire avait toujours eu du mal à croire que le Maahk, avec ses deux mètres cinquante de haut, ses bras-tentacules, ses quatre yeux et sa tête en forme de coussinet allongé, était digne de confiance. Ce n'était pas le cas de Perry Rhodan.

Le Stellarque avait appris à connaître la mentalité, basée sur une logique absolue, des Maahks.

Atlan attendait déjà Rhodan et Tolot dans le sas qui formait l'antichambre de la cabine pressurisée de Grek-1. L'appartement du Maahk avait été aménagé aussi agréablement que possible. Dans le sas, une cloison transparente permettait un contact visuel direct avec lui.

Chacun s'installa confortablement, sauf Icho Tolot, qui préféra rester debout. Grek-1 était assis dans un grand fauteuil circulaire. Les écrans dont il disposait étaient connectés aux principaux terminaux du *Krest II*, si bien qu'il pouvait suivre les événements presque aussi bien que les officiers terriens.

— Bien, que pensez-vous de tout cela, Grek-1 ? commença Rhodan.

— J'attendais une réaction violente de leur part, mais je ne pensais pas que les Maîtres Insulaires avaient encore de telles armes en réserve, répondit le Maahk.

Grek-1 paraissait nerveux, une chose inimaginable chez un Méthanien.

— C'est le début de la fin, Terrien, ajouta finalement Grek-1.

— Que voulez-vous dire ? demanda Rhodan en cherchant à déchiffrer le visage du Maahk.

— Cela ne signifie pas forcément que les Andromédans ont deviné que *vous* êtes là, commandant, mais simplement qu'ils ont perdu patience et qu'ils emploient les grands moyens. Souvenez-vous de tout ce qui s'est passé dans Androbéta. Des navires inconnus se promènent dans la micronébuleuse – chez eux ! – impunément et mettent en échec les Deux-Nez, les gardiens d'Androbéta. Pendant un moment, les étrangers donnent l'impression d'être partis, puis tout recommence. Que peuvent-ils en déduire ? Qu'ils ne peuvent plus se fier aux Deux-Nez, tout simplement. Soit ils sont incapables, soit ils trahissent leurs maîtres. Ce genre de raisonnement est typique des Maîtres Insulaires. Ils n'acceptent jamais de courir le moindre risque. Ce qu'ils ne peuvent comprendre, ils le détruisent.

— D'une certaine manière, on pourrait dire qu'ils perdent leur sang-froid, si je comprends bien, suggéra Rhodan.

— Désolé de vous détromper, mais ce n'est pas du tout ça, répliqua Grek-1. Ils ont toujours agi de cette manière. L'arrivée du Moby est une expédition punitive très courante chez eux. Ils détruisent leurs gardiens et nous en même temps. Ce que vous ne comprenez pas, c'est qu'ils viennent de décider de détruire totalement la micronébuleuse, commandant !

— Un instant, Grek-1, dit Atlan en levant le bras. Un Moby, même aussi vivace que celui-ci, ne peut pas détruire une galaxie à lui tout seul !

— Bien sûr, Amiral, concéda le Maahk. Pourtant, je connais suffisamment les Maîtres Insulaires pour vous dire qu'ils ne font jamais les choses à moitié. Ce Moby n'est qu'un reflet de ce qui se passe vraiment. Je n'en ai pas de preuves pour l'instant, mais nous les trouverons vite, croyez-moi.

— Qu'est-ce que vous sous-entendez ? le pressa Rhodan.

— Eh bien qu'il doit y avoir des centaines sinon des milliers de nouveaux Mobys à l'œuvre en ce moment, commandant, expliqua Grek-1.

— Mais c'est impossible ! se rebella le Stellarque.

S'ils faisaient une chose pareille, les Maîtres Insulaires seraient de véritables monstres !

Icho Tolot essaya d'attirer l'attention en toussotant le plus légèrement possible.

— C'est une question de point de vue psychologique, commandant. D'après ce que Grek-1 nous a expliqué des Andromédans, on peut estimer qu'ils sont d'un égocentrisme total, qu'ils se considèrent sûrement comme ce qu'il y a de meilleur dans l'Univers. De leur point de vue, ils ne font que renforcer leurs mesures de sécurité...

— Je comprends, Tolot, je comprends, répéta Rhodan. Ce que je vois, moi, dit-il en élevant le ton, c'est que ces monstres ont peur. Ils ont tellement peur d'être attaqués qu'ils sont prêts à faire n'importe quoi pour se protéger. Ils doivent quand même savoir, au plus profond de leur délire, qu'ils anéantissent des milliards d'êtres vivants, non ? Dans une opération, j'essaie toujours d'inclure une hypothèse de dialogue avec l'adversaire. Cette fois, je crois que nous avons affaire à une civilisation si abominable que je n'hésiterai pas à la balayer.

— Je ne sais pas, commandant, lui rappela Grek-1, toujours réaliste. Pour l'instant, je crois que vous ne vous êtes jamais trouvé dans une situation aussi bloquée. Si ce que je vous ai dit est juste, nous ne sortirons jamais d'Androbéta.

Perry Rhodan avait retrouvé tout son calme. Il se leva.

— Grek-1, dit-il d'un ton froid, vous nous avez déjà sous-estimés, maintenant, c'est au tour des Maîtres Insulaires. Aujourd'hui, ils viennent de signer leur arrêt de mort. Il n'y a pas de place dans l'Univers pour des bourreaux de leur espèce.

*
* *

Le laboratoire de biologie du *Krest II* était pris d'une fièvre inhabituelle. Nathalie Cherzova se leva en voyant le Stellarque entrer. D'un geste énergique, elle rejeta sa longue chevelure en arrière.

— Comment vous plaisez-vous ici ? s'inquiéta Rhodan.

Les yeux noirs attentifs de la spécialiste et sa voix bien posée traduisaient une volonté hors du commun.

— Très bien, mais j'imagine que vous n'êtes pas venu pour vous en soucier, commandant ? répondit-elle avec une pointe d'ironie.

Le Stellarque lui serra la main en souriant.

— Vous avez raison. Vous êtes en charge depuis le début de la section « biologie du Moby », n'est-ce pas ? Où en êtes-vous ?

— Eh bien, cela dépend de ce que vous voulez savoir, commandant.

La biologiste programma l'affichage du dossier consacré aux monstres de l'espace. Un modèle tridimensionnel d'un Moby apparut à l'écran.

— Bien, laissez-moi vous rappeler en deux mots l'essentiel de ce que nous avons appris. Ce sont des êtres vivants anorganiques de structure cristalline. Ils se nourrissent exclusivement de matière et d'énergie, qu'ils transforment…

— Excusez-moi, mais nous savons tout cela, l'interrompit Rhodan.

— Laissez-moi finir, répliqua Cherzova. Vous voulez savoir pourquoi le Moby qui vient d'apparaître est tellement chargé d'énergie, non ? Alors, si vous permettez…

D'un geste, le Stellarque lui fit signe de poursuivre.

— Donc, les Mobys absorbent directement l'énergie solaire, par exemple, et transforment la matière en énergie. Je suis arrivée depuis quelque temps à la conclusion qu'ils peuvent également faire l'inverse et transformer de l'énergie en matière ou en toute forme d'énergie qui leur convient : de la chaleur en lumière, de la lumière en faisceau désintégrateur, etc.

— C'est exactement le genre de renseignement que j'étais venu chercher, la complimenta Rhodan. Mais j'avais aussi une autre question. Est-il envisageable qu'un Moby mort puisse être de nouveau activé ?

Interloquée, la responsable du biolab le regarda avec de grands yeux.

— Un Moby ? Mais pourquoi voulez-vous qu'on réveille un seul Moby ? A moins que…

Le Stellarque l'encouragea à poursuivre d'un sourire.

— Mais oui, vous avez raison, commandant. On a aussi bien pu en activer des dizaines ou même… Voyez-vous, les Mobys sont cristallins et l'on peut les comparer dans une certaine mesure à des virus. Théoriquement, un virus peut survivre indéfiniment jusqu'à ce que les conditions idéales soient réunies pour qu'il soit réactivé. En ce qui concerne les Mobys, une telle hypothèse ne me paraît pas absurde. Mais alors, reprit-elle en prenant conscience de ce que cela impliquait, si tous les Mobys morts d'Androbéta étaient réactivés, ce serait terrible ! s'exclama-t-elle.

*
* *

Les Mobys qu'ils avaient croisés jusqu'à présent n'avaient rien à voir avec le monstre qui continuait d'avancer à l'intérieur du système rouge. Les quelques filaments d'énergie qui s'échappaient de la gueule des rares Mobys vivants d'Androbéta étaient remplacés par une violente luminosité faite de décharges incessantes et d'une puissance colossale. La progression du Moby était accompagnée de profondes secousses quintidimensionnelles.

— Mais d'où tire-t-il toute cette énergie ? s'emporta Atlan.

Perry Rhodan ne répondit pas. Il s'était posé la même question dix minutes plus tôt. Maintenant, il se contentait d'observer, conscient qu'ils étaient loin d'en savoir assez au sujet des Mobys. Ils avaient déjà pu déterminer que leur intelligence n'était guère plus évoluée que celle d'un requin, un animal qui leur ressemblait d'ailleurs par plus d'un côté. Cette intelligence instinctive était pourtant suffisante pour rendre un tel titan extrêmement dangereux.

Un cri d'Atlan interrompit les réflexions du Stellarque. Le Moby venait de changer de cap. À l'allure où il avançait, un virage aussi brutal représentait des contraintes d'accélération phénoménales.

— Il file droit sur le soleil, dit Atlan d'une voix étouffée.

— Ils se nourrissent d'énergie, commenta Rhodan. Celui-ci doit être affamé et son appétit est malheureusement sans limites…

La conclusion était claire. Le Moby allait « faire le plein » et dévorer l'étoile. Tendus, le Stellarque et Atlan observaient la suite des événements.

Le Moby ralentissait. Le Stellarque entra quelques indications dans un terminal positronique. Le résultat le stupéfia. Si le monstre poursuivait sur sa lancée, il allait percuter le soleil rouge de plein fouet.

Dans le central du *Krest II*, on aurait entendu une mouche voler. Tout le monde avait la tête levée vers l'écran panoramique. Qu'allait-il se passer ? Le soleil allait-il se transformer en nova ? Perry Rhodan secoua la tête. Malgré sa taille, le monstre spatial n'était qu'une poussière en comparaison de l'astre.

Malgré tout, il fallait tenir compte de la structure moléculaire très particulière du Moby. Prudemment, le Stellarque fit activer les préparatifs pour que tous les navires de Station Louvre puissent quitter Arctis le plus rapidement possible.

Quelques secondes plus tard, ses craintes s'apaisèrent. Le Moby freinait avec une puissance incroyable. Pourtant, il pénétra profondément à l'intérieur de la couronne solaire, provoquant un nouvel ébranlement gravitationnel. Quelques secondes plus tard, le monstre commença à pomper de l'énergie. Le petit soleil réagit instantanément. Il s'enfla rapidement.

Involontairement, Perry Rhodan frissonna. La couronne d'un soleil se compose essentiellement de plasma, c'est-à-dire d'atomes et d'électrons libres ionisés. Avec des atomes de fer, de nickel et de calcium hautement ionisés, sa température peut dépasser de deux cents fois celle de la surface solaire proprement dite. Si le Moby activait les processus de fusion à l'intérieur de l'astre – et c'était bien ce qu'il semblait faire –, la température et la densité de la couronne allaient commencer à monter à des niveaux très élevés. Il paraissait incroyable qu'un être vivant puisse supporter un tel processus et même en profiter !

Les détecteurs extrêmement sensibles du *Krest II* enregistrèrent une perte de masse et d'énergie très élevée dans le soleil. Il n'était guère difficile de deviner ce qu'elle devenait.

Le Moby devint rapidement d'une couleur rouge qui ne cessait de s'éclaircir. Une minute plus tard, il était d'un blanc insoutenable et se détachait nettement sur le soleil cramoisi.

— Il va finir par éclater, s'il continue à se goinfrer de cette manière, remarqua froidement Icho Tolot, provoquant un rire amer d'Atlan.

— Si seulement vous pouviez avoir raison !

Mais non, le Moby se détacha du soleil, accélérant rapidement.

Fébrilement, Perry Rhodan demanda que l'on calcule sa nouvelle trajectoire. Ses pires prévisions se confirmèrent : comme il l'avait redouté, elle passait bien par Arctis…

*
* *

Six heures s'étaient écoulées depuis que le lieutenant-colonel Uvanok avait quitté Station Louvre. Les deux mille derniers kilomètres du parcours s'étaient déroulés sans incident. Il avait pu éviter tous les pièges de la tempête polaire. À une minute près, il avait parfaitement respecté son plan de vol.

Grâce au magnétomètre, il posa son glisseur à l'emplacement exact du pôle nord d'Arctis.

Une heure plus tôt, il avait assisté avec étonnement au lever du soleil. Il s'était très peu élevé au-dessus de l'horizon, suffisamment toutefois pour que le Terrien constate une augmentation anormale de son volume. Sans se poser plus de questions, il revint à sa mission. Aïno Uvanok faisait partie de ces hommes à qui l'on peut confier les yeux fermés une mission. Il savait s'adapter aux changements, mais il ne perdait jamais son objectif de vue, quels que soient les imprévus. Ce qui se passait près du soleil rouge ne l'empêcherait pas d'accomplir sa tâche.

À l'heure prévue, Uvanok enclencha le champ thermique. Un disque bleuâtre s'éleva sous le glisseur. L'engin commença à s'enfoncer dans la glace. Avec des gestes précis, comme s'il avait tout son temps, Uvanok ouvrit la première caisse en plastique. Il sortit doucement l'un des projectiles au nez effilé. Il était lourd, vingt kilos, mais ce n'était pas grand-chose si sa portée était bien celle qu'on lui avait annoncée.

Il le posa debout sur le sol et ouvrit sur le côté une petite trappe magnétique. Il poussa l'un des deux contacts, le jaune, et le voyant de contrôle passa au vert. Satisfait, il referma la trappe, souleva l'engin et le plaça dans l'un des quatre berceaux suspendus au toit du glisseur.

Il effectua la même opération pour les trois autres projectiles. Au bout d'une demi-heure, tout était prêt. Il essuya la sueur qui perlait sur son front et contrôla la profondeur atteinte par le glisseur. Comme prévu, il s'était arrêté à moins cinquante mètres. Au-dessus de lui, l'eau liquéfiée par le champ thermique avait gelé à nouveau.

Tout paraissait pour le mieux.

Uvanok revint à son siège. Il s'étonna lui-même de son calme. La pire des choses qui pouvait arriver était qu'on lui donne l'ordre d'agir. Pourtant, il s'installa confortablement et commença à attendre.

*
* *

Pendant quelques secondes, tout le monde pensa qu'on allait abandonner Station Louvre. Le Moby avançait très vite.

Perry Rhodan sentait les regards de tous ses officiers peser sur lui. C'est dans ces moments-là qu'il prenait vraiment conscience du poids de sa responsabilité. Il réfléchit calmement.

Finalement, l'ordre d'évacuation ne vint pas.

La décision du Stellarque était d'abord motivée par une raison astronomique. Les deux planètes du système Ha'lurin étaient en conjonction. Destroy se trouvait exactement entre Arctis et le soleil. Perry Rhodan n'avait aucune certitude que le Moby s'arrêterait près de Destroy, mais cela lui paraissait très probable.

Il fut quand même soulagé, quelques secondes plus tard, en apprenant par la navigation qu'une légère correction du cap du Moby l'amenait maintenant directement vers Destroy.

— Qu'allons-nous faire maintenant ? demanda Atlan.

Tout l'équipage du *Krest II* devait en effet se poser la question.

Les yeux de Rhodan donnaient l'impression de s'être creusés au cours des dernières minutes. Il paraissait indécis.

— Que devrions-nous faire, à ton avis ? répondit-il, en renvoyant sa question à l'Amiral, qui se contenta de hausser les épaules en silence.

— Tu n'en sais rien. Moi non plus. Pour l'instant, je ne pense pas que nous ayons intérêt à bouger. Nous avons une occasion unique d'observer un de ces nouveaux Mobys en pleine action. Profitons-en.

— Si cela peut te faire plaisir…, repartit Atlan.

— Accompagne-moi, si tu veux, j'aimerais savoir ce que les terminaux de Hong Kao pensent de tout ça.

Rhodan se leva sans attendre la réponse de son ami et s'éloigna à grands pas. Finalement, Atlan se dressa lentement et le suivit.

Le central positronique bruissait d'activité. Des rangées de voyants clignotaient sur les vastes pupitres muraux. Sur les terminaux des techniciens, des volées de diagrammes tridimensionnels se succédaient à un rythme infernal.

Face à leurs instruments, les mathématiciens possédaient leur propre langage codé, totalement incompréhensible pour un novice. Hong Kao sortit une feuille de résultats partiels de l'imprimante de son terminal et la parcourut, le visage tendu. Son sourire habituel avait disparu. Une mèche de cheveux noirs lui barrait le front.

— Ah, commandant ! dit le mathématicien en apercevant Rhodan. Vous arrivez bien. Nous commençons à en savoir enfin un peu plus long, et j'avoue que je suis surpris.

— Au sujet du Moby ? vérifia Rhodan.

— Oui. Il y a quatre-vingt-quatorze pour cent de chances pour qu'il soit commandé à distance.

Le grognement d'Atlan confirma au Stellarque qu'il n'était pas le seul à être surpris.

— J'ai commencé à me poser des questions en le voyant se diriger si précisément vers le soleil, expliqua le mathématicien. D'eux-mêmes, les Mobys sont seulement capables d'agir pour pourvoir à leurs besoins immédiats. D'après ce que nous savons, ils sont parfaitement capables de puiser de l'énergie dans un soleil en le survolant seulement. Ils n'ont pas besoin de s'y coller comme l'a fait celui-ci.

« Et ce n'est pas tout, poursuivit Hong Kao. Peu avant l'apparition du Moby, l'hypercom a reçu une véritable tempête d'hyperondes. Je me suis fait transmettre un diagramme de ces émissions et j'ai constaté qu'elles étaient limitées en portée à Androbéta. Compte tenu de leur puissance, elles auraient dû largement dépasser la micronébuleuse. Donc, je me suis dit qu'elles devaient avoir un objectif bien précis, limité à Androbéta. J'ai soumis le problème au cerveau IP, qui a conclu que ces hyperondes si particulières ont servi à activer les Mobys. Tous ces monstres que nous croyons morts ont repris du service. Ils ont rechargé leurs réserves aux soleils les plus proches et se sont ensuite dirigés sur les buts qui leur ont été assignés. En conclusion, on peut dire qu'ils sont téléguidés par les hyperondes que nous captons toujours. »

— Cela paraît impossible, mais tout s'enchaîne logiquement, dit Atlan au bout d'un moment.

Perry Rhodan opina pensivement du chef. Ce qui se passait mettait à nouveau en relief l'extraordinaire avance technologique des Maîtres Insulaires par rapport à l'humanité. Quand il le fallait, ils mettaient en œuvre des moyens à l'échelle galactique pour anéantir leurs adversaires. Mais pourquoi employaient-ils des moyens aussi disproportionnés à cause des quelques accrochages causés par les navires de l'Empire ? Cela cachait-il une faiblesse ?

— Ils ne se comporteraient pas autrement s'ils avaient quelque chose à cacher, quelque chose de très grave, reprit Atlan comme s'il avait lu les pensées de son ami.

— Il ne faut pas les laisser faire, commandant, intervint vivement Hong Kao. Combien de civilisations vont-ils encore anéantir de la sorte ?

— Si nous savions où se trouve leur émetteur de guidage des Mobys, nous pourrions entreprendre quelque chose, mais nous n'en savons rien et, pour l'instant, nous ne pouvons pas nous mettre à sa recherche, répondit Perry Rhodan. En tout cas, vous nous avez beaucoup aidé, Kao, merci.

Atlan et le Stellarque repartirent rapidement vers le central.

— Que vas-tu faire ? s'inquiéta l'Arkonide.

— Me dépêcher. Tout cela ne fait que renforcer ma décision de pénétrer le plus vite possible dans Andromède.

*
* *

Hélas, comme Rhodan le constata en revenant au central, la réalité était tout autre. Ils étaient comme un lièvre poursuivi par une meute de chiens enragés. Ils ne pouvaient pas se retourner pour faire face à leur adversaire… Pourtant, le maître de l'Empire Solaire cherchait désespérément un moyen de reprendre l'initiative.

Le Moby, aussi gros qu'un bel astéroïde, fonçait sur Destroy. Un million de kilomètres en avant de la planète, il émit de longs faisceaux d'énergie qui ralentirent sa course. Une transformation surprenante s'opéra en lui. Toute sa structure se modifiait si vite que le processus était presque visible à l'œil nu. Ovoïde, il prit rapidement la forme d'une spirale puis revint à son état initial. Une telle transformation devait consommer des quantités phénoménales d'énergie.

Le Moby stoppa complètement à huit cent mille kilomètres de la planète aux villes vitrifiées.

Soudain, il émit des vrilles d'énergie pure en cascade vers Destroy. Des explosions gigantesques déchirèrent peu à peu l'atmosphère et la surface ravagée de la planète martyre.

L'état de tous ceux qui assistaient à la scène depuis le *Krest II* et depuis les autres supercroiseurs de l'opération Androbéta était indescriptible. Une nouvelle apocalypse se déchaînait sur la planète des Laurins. Cette fois, leur sort tragique était scellé.

Une analyse plus poussée des décharges d'énergie sur Destroy parvint au Stellarque.

— Des bombes à fusion ! s'exclama Rhodan. Comment le Moby peut-il fabriquer des bombes à fusion et les envoyer sur Destroy ?

— Mais c'est impossible, c'est inimaginable ! protesta Atlan, pâle comme un linge. Comment l'Univers peut-il générer des êtres vivants qui fabriquent des bombes à fusion ?

Un nouveau résultat sortit du terminal du Stellarque.

— Les spirales qu'il envoie ne sont pas faites d'énergie pure, lut Rhodan, mais de matière semi-stable qui pourrait provenir du soleil. Le Moby l'aurait stockée avant de s'en servir contre Destroy. Donc, commenta le Stellarque, le Moby ne peut pas poursuivre son bombardement indéfiniment. Il ne produit pas cette matière semi-stable lui-même.

En effet, sur l'écran panoramique, l'intensité lumineuse du monstre décroissait régulièrement. Il était déjà devenu orangé. Les spirales d'énergie s'espaçaient, mais le Moby s'était remis en route.

L'agrandissement de Destroy montrait que la planète était littéralement en train de bouillir sur tout son hémisphère sud.

Quand le Moby retrouva sa couleur de braise, le bombardement stoppa complètement.

— Trop tard ! cria Atlan.

La planète éclata comme un fruit trop mûr. Le Moby se précipita au milieu des fragments, comme s'il s'agissait d'un festin. Ses antennes frontales absorbaient goulûment la chaleur du manteau de lave.

Perry Rhodan se détourna pour ne pas assister à l'écœurant festin.

L'intercom bourdonna près d'une minute avant qu'il réagisse.

— Rhodanos, il faut que je te parle à nouveau, dit Grek-1.

La voix du Maahk sonnait lugubrement. Un pressentiment disait à Rhodan que Grek-1 voulait lui apprendre une terrible nouvelle…

# CHAPITRE III

Aïno Uvanok sommeillait quand le choc survint.

Un bruit de rocher qui éclate retentit dans la cabine du glisseur, qui fut secoué par un choc violent, comme si toute la masse de glace venait d'être ébranlée.

Le lieutenant-colonel retrouva immédiatement tous ses esprits. Sa mission… L'ébranlement des masses de glace d'Arctis ne pouvait avoir qu'une explication : la planète était attaquée !

Aïno Uvanok ne pouvait pas se douter que son supérieur hiérarchique avait commis une erreur. Pourtant, d'un autre côté, celui-ci n'était pas directement responsable de l'évolution de la situation. Lui aussi avait été surpris par les événements, et il était trop tard pour modifier le plan.

Uvanok passa à l'action.

Pendant qu'il pressait le contact d'activation des projectiles, son passé défilait à toute allure devant ses yeux. Chez lui, il avait été considéré très jeune déjà comme quelqu'un de dur et courageux. Le combat avec l'ours polaire lui revint en mémoire. L'animal, blessé, se trouvait avec lui sur un fragment de glace détaché de la banquise. C'était son frère qui l'avait blessé. Au moment où le bord de la banquise avait cassé, Aïno avait sauté pour rester avec l'ours. Il fallait au moins récupérer sa peau. Mais, en le voyant, l'animal s'était redressé et l'avait attaqué. Le jeune Eskimo n'avait qu'un couteau pour se défendre. Il s'était retrouvé sous l'ours. Ses griffes avaient transpercé sa veste de fourrure. L'animal cherchait à lui broyer le crâne, mais il avait frappé sans relâche, sans sentir la douleur. Les mouvements du seigneur des glaces s'étaient ralentis et Aïno avait pu se dégager.

L'ours mort, il avait pris sa peau et s'était jeté à l'eau pour rejoindre l'île de Nuvinak à la nage.

Tous les habitants du village avaient fêté le jeune garçon, âgé de quinze ans, comme un héros. Malgré ses profondes blessures, il ne s'était pas plaint une seconde. Il s'était allongé tout seul sur le brancard du glisseur qui devait l'emmener à l'hôpital de Bethel. Là-bas, les médecins avaient été stupéfiés par sa résistance à la douleur. Ils avaient fait des tests et s'étaient aperçus que le jeune Aïno Uvanok était totalement insensible à la souffrance.

Son corps couvert de cicatrices montrait que cette insensibilité pouvait aussi être dangereuse. Une blessure, même mortelle, l'aurait laissé indifférent. Chez lui, la douleur ne jouait plus son rôle de mécanisme de survie. Les médecins cherchèrent la cause de cette particularité pour l'éliminer.

En vain. Quand il quitta l'hôpital, ils se contentèrent de lui conseiller de choisir une profession où il ne se mettrait pas en danger. Aïno ne tint pas compte de leur avis. Depuis des années, il avait fait son choix et ne voulut jamais en démordre.

Pour passer les tests médicaux de l'Académie spatiale de Terrania, il apprit à simuler la douleur. Cadet, puis lieutenant de l'Astromarine, son destin bascula le jour où une commission de l'O.M.U. vint sur Terre pour recruter. L'O.M.U. se manifestait rarement sur la planète mère de l'Empire, préférant sélectionner ses recrues dans les mondes terraniens. Sorti deuxième de sa promotion de l'Académie, le lieutenant Uvanok fut immédiatement pris.

Après quatre années d'une nouvelle formation, nettement plus dure que la précédente, il se classa premier à l'École militaire spéciale de l'O.M.U. et la quitta avec le rang de lieutenant-colonel. Sa première affectation l'avait propulsé à la tête de l'escadre de chasse du vaisseau amiral de l'Organisation des Mondes Unis, l'*Imperator*. Un an après son arrivée, il partait pour Andromède, accompagnant les unités impériales dans l'opération Androbéta.

Son secret était resté préservé. Une seule personne l'avait percé à jour et c'était la raison pour laquelle il se trouvait maintenant à cinquante mètres de profondeur, sous la surface gelée d'Arctis.

Les secousses redoublaient d'intensité. Aïno comprit qu'il n'avait plus beaucoup de temps devant lui. Le processus de lancement avait été engagé. Les berceaux des quatre projectiles pivotaient pour se placer à la verticale et engager les charges dans les tubes.

Le lieutenant-colonel Uvanok hésita. Pas par crainte, mais parce que les fusées Evoc étaient une invention difficilement contrôlable. La douleur qu'elles provoquaient avait jusqu'à présent tué tous ceux qui les avaient essayées. Les tests avaient été rapidement stoppés. L'état-major de l'O.M.U. avait pourtant décidé de garder les quatre derniers projectiles pour les utiliser en cas d'extrême urgence.

Les fusées Evoc n'étaient pas une arme au sens classique. Sitôt lancées, elles parcouraient une distance déterminée à vitesse subluminique, seulement protégées par leur petite taille. Leurs générateurs produisaient ensuite une énergie d'une fréquence très particulière. Par l'intermédiaire du casque de contrôle, le pilote restait en contact avec elles. En phase directe avec les ondes Evoc, il percevait simultanément tout ce qu'elles rencontraient, y compris le vide et le froid spatial. C'est cette particularité qui avait jusqu'à présent tué les volontaires du programme de test. Aïno aurait les mêmes perceptions, à l'exception de la douleur. Même si son corps était détruit, si Station Louvre et tout le personnel de l'opération Androbéta étaient anéantis, quelque chose survivrait : les ondes Evoc éparpillées dans l'espace et, avec elles, les influx cérébraux d'Uvanok.

N'importe quel bon télépathe pourrait les lire et apprendre ce qui s'était passé sur Arctis...

Perry Rhodan n'aurait jamais accepté ni la poursuite du programme de test Evoc, ni sa mise en œuvre réelle, qui ne laissait pratiquement aucune chance de survie à Uvanok. En conséquence de quoi, la « mission Evoc » avait été lancée secrètement, sans que l'état-major impérial, à l'exception d'Atlan, chef suprême de l'O.M.U., soit au courant.

Aïno pressa le dernier contact de contrôle. Précédées par un petit champ de désintégration, les quatre fusées se frayèrent un chemin à travers le manteau de glace d'Arctis et bondirent vers l'espace.

*
* *

Lorsque les premières secousses sismiques les atteignirent, Perry Rhodan, qui était en route pour la cabine de Grek-1, se demanda pourquoi personne n'avait réagi plus tôt. Il était pourtant évident que l'explosion de Destroy allait modifier l'équilibre gravitationnel du système Ha'lurin.

Heureusement, les systèmes automatiques de Station Louvre réagirent aussi vite que lui. Les écrans protecteurs des hangars s'élevèrent contre les plafonds et les parois de glace dès la première secousse.

Le Maahk l'attendait impatiemment. Ses yeux antérieurs brillaient d'excitation.

— Enfin ! transmit le translateur. Il est maintenant clair que les véritables gardiens d'Androbéta ne sont pas les Deux-Nez mais les Mobys, poursuivit Grek-1. Les émissions hypercom que vous recevez ne sont qu'un signal de guidage destiné à les réveiller et à les diriger vers leurs objectifs. En fait, les Mobys n'étaient pas morts et ils devaient posséder des réserves d'énergie que les bioparasites étaient incapables d'atteindre.

— Nous en étions déjà arrivés aux mêmes conclusions, Grek-1, fit remarquer Rhodan. Qu'avez-vous de nouveau à nous apprendre ?

— À vrai dire, rien de plus, commandant, reprit le Maahk. Mais cela suffit. Les Mobys vont détruire toutes les planètes de la micronébuleuse où il y a une forme de vie. Tous les Deux-Nez vont périr, tout comme nous. « Notre » Moby va s'attaquer à Arctis…

— Mais nous pouvons nous échapper à tout moment, objecta Rhodan.

— Vous croyez ? répliqua Grek-1, sceptique. Avez-vous déjà fait calculer par curiosité la portée réelle des vrilles d'énergie du Moby ?

Le Stellarque pâlit. Il se précipita vers l'intercom encastré dans le mur de l'antichambre et appela le centre de calcul. L'assistant de Hong Kao répondit aussitôt. À mots pressés, Rhodan lui expliqua ce qu'il voulait. Deux minutes plus tard, le mathématicien lui transmit la réponse.

— Et alors ? demanda Grek-1.

— Vous aviez raison, dit le Stellarque d'une voix assourdie. Le Moby contrôle la totalité du système.

— Bon, il peut atteindre n'importe quel objectif se déplaçant à l'intérieur du système, reprit Grek-1, mais ce n'est pas tout. Dans l'état d'hyperactivité où il se trouve, il est aussi capable de « pomper » toute l'énergie d'un navire en déplacement.

Le Stellarque baissa la tête. Si Grek-1 disait vrai, les milliers d'hommes qu'il avait conduits dans cette opération étaient condamnés. Il connecta l'intercom sur l'image principale de l'écran panoramique.

Après avoir anéanti Destroy, le Moby retournait vers le soleil. Perry Rhodan se demandait s'il fallait profiter de ce que le monstre allait probablement plonger à nouveau dans le soleil pour prendre la fuite, quand le Moby s'immobilisa. À cinq cents millions de kilomètres de l'astre, un rayon d'énergie se dessina soudain. Le Moby renouvelait ses réserves à distance.

Le Stellarque abandonna son projet. Impuissants, Perry Rhodan, Atlan, Icho Tolot et Grek-1 virent le monstre spatial se remplir d'énergie et sa brillance augmenter proportionnellement. Quand il fut d'un blanc étincelant, le rayon de chargement disparut.

Le Moby accéléra d'un seul coup et prit son essor. À toute allure, il se dirigea vers Arctis, sa deuxième proie.

*
* *

Les quatre fusées explosèrent en libérant leur champ d'énergie Evoc. Les ondes se répandirent dans toutes les directions. Aussitôt, elles rencontrèrent un autre champ d'énergie, fait d'impulsions hyperdimensionnelles très puissantes. Les deux formes d'énergie entrèrent aussitôt en conflit. L'une ou l'autre allait devoir disparaître.

Aïno Uvanok n'éprouvait aucune douleur, mais il sentait que quelque chose d'anormal s'était passé. L'expansion initiale du champ Evoc, sur lequel se dessinait le firmament stellaire d'Arctis, avait été stoppée, comme engluée par une force adverse.

Uvanok mit longtemps à retrouver ses repères spatio-temporels.

Au bout d'un moment, il retrouva ses sensations physiques. Il était dans son glisseur, la tête sous le casque de contrôle Evoc. Normalement, il aurait dû quitter à jamais son enveloppe corporelle. Il leva le bras et constata avec satisfaction que son corps lui obéissait toujours.

Devant lui, il aperçut sur le pupitre son étui à cigares. Il attrapa l'un de ses brésils noirs et l'alluma. Un nuage de fumée bleue envahit la cabine du glisseur. À l'extérieur, les craquements de la glace s'étaient atténués.

La situation était problématique. Jamais il n'aurait dû revenir dans son corps. Pourtant, les voyants du pupitre indiquaient que le déploiement des fusées s'était déroulé tout à fait normalement. Perplexe, Aïno poussa un juron. Sans qu'il y prête attention, son regard s'attarda sur le verre blindé du panneau supérieur. Normalement, il aurait dû y voir le reflet de la glace qui emprisonnait le glisseur.

Stupéfait, Aïno se redressa sur son siège. La glace ! Il n'y avait plus de glace.

Le glisseur était plongé dans l'obscurité. Aïno alluma les phares de l'engin. Rien. Il pianota rapidement sur le pupitre de commande et lança un balayage d'exploration automatique sur l'écran d'observation. L'image s'éclaira aussitôt lorsque les fréquences d'émission passèrent dans la zone des micro-ondes. Dans une pénombre violette, Aïno découvrit un paysage de rochers et de falaises abrupts. Des nuages bas brillaient doucement. Il pleuvait. Cela ne pouvait pas être Arctis.

Les yeux écarquillés, le lieutenant-colonel Uvanok se demandait ce qui lui arrivait.

Il enclencha les projecteurs à infrarouges. Traduites par le cerveau de bord, les images s'affichèrent comme en plein jour. Le glisseur était au fond d'un ravin couvert d'éboulis qui descendait lentement vers une plaine. Plus trace des nuages. C'était normal. Les rayons infrarouges les traversent sans difficulté.

Résigné, Aïno soupira. Son cigare s'était éteint. Il enfila son spatiandre et vérifia la teneur de l'atmosphère extérieure. Il prit un projecteur infrarouge portable, un radiant thermique et sortit du glisseur.

*
* *

Les cinq supercroiseurs et les six transporteurs de Station Louvre étaient prêts à décoller. Toutes les batteries de canons transformateurs avaient été parées en priorité. Malgré la puissance phénoménale d'une salve combinée de toutes les batteries transformatrices des vaisseaux galactiques, personne ne se faisait d'illusion. Même les transformateurs ne pourraient rien contre les énergies colossales qui animaient le Moby.

Cinq minutes plus tôt, Atlan avait fait appeler les jumeaux Woolver.

La ressemblance physique de Rakar et de Tronar, les deux Coureurs d'Ondes, était absolument parfaite. Même au microscope, on n'aurait pu déceler la moindre différence dans l'implantation des cheveux, les lignes de la main ou même les quelques rides qui marquaient leur front.

Comme tous les Chrystalliens, les deux Terraniens avaient un thorax extrêmement développé, double d'une cage thoracique normale, et la peau d'un beau vert de bronze.

Pourtant, leur particularité la plus étonnante n'était pas physique mais parapsychique. Leur capacité de se glisser dans le moindre flux d'énergie et de transiter quasi instantanément d'un point à un autre, quelle que soit la distance, avait valu aux Coureurs d'Ondes le nom d'« annulateurs de pôles » chez les scientifiques.

Leur mutation était pour l'instant un cas unique sur Chrystal. Cinq mois plus tôt, Perry Rhodan n'avait jamais entendu parler de leur existence. Atlan avait toujours gardé le secret à leur sujet, les réservant pour un cas d'extrême urgence. C'était ce qui s'était passé quelques mois plus tôt avec l'affaire de la cinquième colonne et les Coureurs d'Ondes avaient finalement permis de faire échouer le plan d'invasion galactique de Grek-1.

Mais, cette fois, Perry Rhodan se demandait si l'intervention des jumeaux était vraiment justifiée.

— D'accord, expliquait-il à Atlan, les Woolver peuvent atteindre le Moby en s'infiltrant par l'énergie qu'il diffuse, mais que se passera-t-il après ? Même s'ils déposaient une bombe arkonide à l'intérieur, le monstre se contenterait d'en absorber l'énergie et de nous remercier pour le cadeau !

L'Arkonide se mordit la lèvre inférieure. Apparemment, il partageait les doutes de son ami.

— Il faut essayer, lâcha-t-il finalement d'un air las. Mais qu'est-ce qui pourrait agir contre ce monstre ?

— Autrefois, nous avons bien fini par trouver quelque chose pour nous défendre contre les annélicères, rappela Rhodan.

— D'accord, mais là, je ne vois pas ce que nous pourrions faire, objecta Atlan. Je te rappelle qu'il peut commencer à nous bombarder d'une seconde à l'autre !

— Il nous faudrait une arme organique, quelque chose qui attaque la structure semi-cristalline du Moby, dit pensivement le Stellarque.

Le bourdonnement de l'intercom les arracha à leurs sombres réflexions. Le visage de Nathalie Cherzova s'afficha à l'écran. Rhodan la reconnut avec surprise.

— Tiens, quel bon vent vous amène ?

— Vous vous souvenez certainement de notre dernière conversation au sujet du Moby, commandant, lança immédiatement la biologiste.

— Oui, mais allez à l'essentiel, le temps nous est compté, lui rappela le Stellarque en consultant sa montre.

— Soit, dit Cherzova en inspirant profondément. Aucune de nos armes énergétiques ne parviendra à le toucher, expliqua-t-elle, il faudrait intervenir avec des moyens biologiques…

— Nous en parlions justement, repartit Rhodan, si vous…

— Mais si, justement, reprit la spécialiste sans lui laisser le temps de finir sa phrase. Le stog !

En un éclair, l'image de Fargone, une planète galactique qui n'avait jamais été colonisée, revint à la mémoire du Stellarque. La faune de Fargone, dont la pression atmosphérique était très élevée, comptait certaines espèces extrêmement dangereuses. L'une d'entre elles, en particulier, produisait un acide terrifiant qui digérait même la terkonite. Dans tout l'Univers, seuls deux matériaux y restaient insensibles : le mucus organique qui protégeait l'intérieur de la glande fabriquant l'acide chez les carnivores de Fargone, et une céramique qui avait été spécialement mise au point après de longues recherches.

— Combien en avons-nous ? demanda Rhodan presque aussitôt.

— Cinquante fûts de vingt kilos sous forme liquide, commandant, répondit instantanément la biologiste. Si vos majors électriques pouvaient les déposer à l'intérieur du Moby…

Malgré la gravité de la situation, Perry Rhodan et Atlan ne purent s'empêcher de sourire en entendant le nom dont la biologiste avait affublé les Woolver.

— Je vous envoie immédiatement des robots pour prendre tout notre stock, confirma le Stellarque en coupant la communication.

Involontairement, le Lord-Amiral poussa un soupir de soulagement.

Rakar et Tronar, les yeux fixés sur le Stellarque, s'apprêtèrent à partir. Une nouvelle course contre la montre débutait.

*
* *

Leur extraordinaire ressemblance n'était pas la seule chose qui liait les jumeaux. Tronar et Rakar étaient en effet interconnectés par une sorte d'empathie, de phase, qui permettait à chacun d'eux de lire à livre ouvert dans les émotions de l'autre. Sur ce plan-là, ils ne faisaient qu'un. C'est d'ailleurs grâce à ce lien parapsychique unique que Rakar avait pu sauver son frère lorsqu'il avait été dupliqué par l'infernal appareil fabriqué par les Maahks.

Perry Rhodan avait rarement été aussi nerveux. La survie de toute l'expédition ne tenait qu'à un fil, qui menaçait de se rompre à tout moment. Il se raccrochait à un espoir ténu. Étant donné la vitesse à laquelle le Moby avait épuisé ses réserves d'énergie lorsqu'il avait attaqué Destroy, il était probable qu'il s'approcherait le plus possible d'Arctis avant de lancer ses vrilles d'énergie.

Le point crucial serait atteint dans huit minutes. Malgré son hallucinante efficacité, qui avait libéré Troya lors de l'attaque des entités lumineuses du Moby qui l'avait avalé, il n'était pas certain que le stog puisse agir dans un délai aussi bref.

Les Woolver s'étaient immédiatement dématérialisés pour aller chercher leurs spatiandres de combat. Quand ils revinrent au central, ils étaient parfaitement calmes. Rien n'aurait pu les forcer à agir contre un être vivant sans défense, mais ils risquaient leur vie sans hésiter dès que celle de leurs camarades était menacée.

L'Émir les attendait. Pour une fois, le mulot était calme. Ses grands yeux tristes regardaient les jumeaux.

— Vous devriez m'emmener, les pressa-t-il. Vous aurez du mal à vous en sortir tout seuls.

Rakal se pencha et gratta le duvet qui couvrait la nuque du mulot.

— Merci, petit, mais cela ne changerait rien et les risques sont trop élevés pour toi. Si tu te rematérialises en plein cœur d'une fournaise nucléaire...

L'Émir, qui savait que le Coureur d'Ondes avait raison, tenta quand même à nouveau sa chance.

— Promettez-moi que vous nous ferez signe si vous avez besoin de moi, insista-t-il. Le Ksedihkal, Celui-qui-sème-partout-la-mort, répondra aussitôt à votre appel.

Le mulot fronça les sourcils en voyant le sourire ironique de Kasom.

— Merci, L'Émir, répéta Tronar, mais il faut que nous y allions. Les fûts sont prêts.

Perry Rhodan, qui surveillait les préparatifs autour des fûts d'acide, constata que les techniciens avaient en effet fini de placer les charges et leurs détonateurs. Nathalie Cherzova donna ses dernières instructions aux Coureurs d'Ondes. Le terrifiant contenu des fûts devait être libéré à un endroit précis pour obtenir le maximum d'effet. Les connaissances accumulées lors de leurs précédentes mésaventures avec les Mobys lui avaient permis de le déterminer exactement.

— Voilà, c'est cette caverne-là, vers l'avant, à l'aplomb de la zone où se trouvent les cristaux de surface. Vous y trouverez d'autres gros cristaux, qui jouent un rôle dans l'élaboration de son comportement instinctif et probablement aussi dans la transmission des ordres envoyés par l'émetteur des Maîtres Insulaires. La seule chose que je ne sais pas, précisa-t-elle encore, c'est le nombre de fûts qu'il vous faudra.

Les quarante-huit fûts, empilés, avaient été placés près du terminal de détection, qui recevait les influx les plus puissants en provenance du monstre spatial.

Les jumeaux en prirent chacun deux.

— Prêt ? demanda Rakar.

Tronar n'eut pas besoin de répondre à haute voix. Les silhouettes des deux mutants commencèrent à s'estomper graduellement. Leurs corps se transformèrent en un brouillard impalpable qui se glissa dans le pupitre de détection. Le tout n'avait pas duré une seconde.

Pour le Stellarque et pour tous ceux qui se trouvaient dans le central, l'attente commençait.

*
* *

De temps en temps, des lueurs bleuâtres dansaient à l'horizon comme des feux Saint-Elme.

Aïno Uvanok avançait en essuyant à intervalles réguliers la surface de son casque, battue par la pluie. Il ne s'était éloigné que d'une centaine de mètres du glisseur. Ce qu'il avait pris au départ pour des rochers s'était avéré être une matière molle et élastique, assez résistante pour le porter sans risque. Ce monde étrange qu'il voyait dans le faisceau du projecteur infrarouge excitait sa curiosité.

Comme le prouvait la présence du glisseur, il n'avait pas pu quitter Arctis. Pourtant tout indiquait le contraire. Renonçant à se poser des questions, il continua d'avancer et atteignit la base de la falaise. Il la longea sur quelques mètres et finit par trouver une voie qui lui permettrait de l'escalader. L'élasticité du sol lui facilitait les choses. Il avançait facilement et presque agréablement.

Une demi-heure plus tard, il atteignit le sommet. De là-haut, il découvrit à travers son viseur infrarouge la plaine que l'on devinait depuis le fond du ravin. Elle paraissait remplie d'une substance mouvante, comme de la vase ou de la boue. Très vaste et limitée à l'horizon par un autre plateau, sa monotonie n'était interrompue que par quelques pics isolés. Les lueurs qui s'agitaient à l'horizon paraissaient plus hautes qu'il ne l'avait d'abord supposé.

Au bout d'un moment, Aïno ressentit un inexplicable malaise, comme s'il était passé à côté de quelque chose qu'il aurait dû voir. Il plissa les yeux et observa encore une fois tout le paysage à travers son viseur.

Rien. Finalement, mû par une impulsion, il releva la tête et regarda le ciel.

Soudain, il sut ce qui le dérangeait.

Il n'y avait pas de ciel. Pas d'étoiles, rien, juste une sorte de cloche noirâtre qui couvrait la planète. Aïno savait que ce qu'il observait était impossible. Même s'il y avait eu une épaisse couche de nuages au-dessus de lui, son viseur infrarouge l'aurait traversée sans difficulté.

Ce monde était absurde. Aïno se dit qu'il était peut-être en fait avec les ondes Evoc dans le vide interstellaire, mais tout était si réel autour de lui. Il ne s'agissait pas d'un monde psychique. Jamais le champ Evoc n'aurait pu le transporter, lui et son glisseur…

Tout à coup, dans ce monde de silence, un bruit résonna. Aïno sursauta. C'était comme le vrombissement d'un projectile lent, suivi d'un bruit d'écrasement mou. L'officier, les yeux dans son viseur, fit lentement un tour sur lui-même. Il aperçut quelque chose qu'il n'avait pas vu auparavant. Grâce à son entraînement, il réagit instinctivement et se baissa rapidement. Un objet qui ressemblait à une balle de caoutchouc roula derrière lui. Il s'approcha.

Une explosion lumineuse déchira le paysage. Un grondement retentit peu après et des objets sifflèrent tout autour de lui. Il se laissa tomber sur le sol, et se replia en position de protection. À quelques centimètres de son casque, il vit soudain un bout de tuyau luisant d'humidité, gros comme la main. C'était un morceau de l'étrange rocher caoutchouteux de la falaise.

Prudemment, il releva la tête, son radiant à la main. Non seulement il se retrouvait dans un monde absurde, mais en plus on cherchait à l'éliminer ! Il était certain que quelqu'un avait lancé une bombe contre lui. Quel ennemi pouvait-il bien avoir ici ? D'un autre côté, même hostile, c'était une présence. Il n'était pas seul.

Il décida de revenir à son glisseur.

## CHAPITRE IV

Rakar et Tronar Woolver étaient devenus une onde parmi d'autres au sein du flux d'énergie qu'ils avaient choisi.

Leur principal atout dans leur difficile mission était leur excellente connaissance topographique du Moby. Après les semaines de captivité passées avec l'équipage du *Krest II* dans le Moby Tolot, ils savaient qu'ils se sentiraient presque chez eux à l'intérieur du monstre anorganique.

Ils ignoraient où les conduirait le fil invisible qui les emmenait vers le gardien d'Androbéta. S'ils se rematérialisaient dans l'une de ses structures spirales de production d'hyperénergie, ils mourraient. Durant une à deux secondes après leur réapparition, le temps que leurs atomes se reconstituent, ils étaient sans défense. Comme toujours, par précaution, ils avaient activé le système anti-g de leur spatiandre avant de partir.

Heureusement, car ils se rematérialisèrent dans l'une des veines du Moby. Le flux d'énergie les emporta à toute allure sur une centaine de mètres et les éjecta dans une caverne. L'atterrissage fut rude et ils durent lâcher les fûts de stog, heureusement blindés. Un vacarme infernal régnait dans la caverne, dont les parois irradiaient une intense luminosité.

— Nous aurions pu tomber plus mal, dit Tronar, la bonne caverne doit se trouver juste au-dessus.

Rakar, qui cherchait à isoler un flux d'énergie pour les transporter, ne répondit pas tout de suite. Avec une grimace, il porta la main à sa tête.

— Cela ne va pas être facile, dit-il en haletant. Il y a des flux partout et d'une telle intensité que nous risquons de transiter de l'un à l'autre en cascade.

Tronar, qui avait ressenti les mêmes impressions, était aussi sous le choc. Quelques instants plus tard, un influx bienfaisant lui parvint.

— Attends, j'ai trouvé quelque chose, souffla Rakar.

Son jumeau sentait quelle terrible concentration l'isolement du flux représentait. Il savait qu'il fallait agir très vite s'ils ne voulaient pas le perdre.

— Dépêche-toi ! glissa Rakar, les yeux fermés.

— Je ne peux pas, je ne le sens pas ! Attends, tu peux y aller d'abord, je te suivrai.

— Et si tu ne retrouves pas mon sillage parapsychique ? Je ne peux pas te laisser ici.

— Prends les fûts et vas-y, insista Tronar. Il ne s'agit pas de moi ici, n'oublie pas Station Louvre.

Il sentit la tension monter encore dans l'esprit de son frère et se concentra. Il distinguait une multitude de schémas, de lignes entrecroisées en un véritable maelström, mais pas la ligne maîtresse que Rakar avait identifiée. C'était comme tenter de retrouver le son d'une petite flûte dans un immense orchestre. Si Rakar se dématérialisait, sa trace lui permettrait sans doute d'identifier le bon canal.

Rakar commença à se dissoudre. Les yeux fermés, Tronar vit la direction où l'ombre de son frère se glissait. Il l'avait ! Il se dématérialisa à son tour.

Les blocs de cristal qu'ils aperçurent en se rematérialisant leur montrèrent qu'ils avaient mis dans le mille. La caverne était immense. La plupart des cristaux, qui irradiaient une lumière froide presque insoutenable, étaient rassemblés à deux cents mètres d'eux. Certains d'entre eux étaient gros comme un immeuble d'une dizaine d'étages.

Le verre de leur casque s'adaptant à la lumière, ils s'aperçurent que des variations importantes de la lumière avaient lieu à l'intérieur des cristaux. Normalement, c'étaient ces cristaux-là qui devaient servir de récepteur aux hyperondes envoyées par l'émetteur de guidage des Maîtres Insulaires.

Portant les fûts, les jumeaux coururent vers les cristaux. Ils les disposèrent côte à côte contre le plus gros et se regardèrent. Ils appuyèrent simultanément sur tous les détonateurs. Il ne leur restait que huit secondes pour retrouver l'onde de détection émise par le *Krest II* et disparaître.

C'était plus que suffisant. À nouveau, les Coureurs d'Ondes disparurent simultanément.

*
* *

Aïno avait rejoint son glisseur sans être à nouveau attaqué. L'engin avançait lentement au fond du ravin, à quelques centimètres du sol. Il espérait ainsi attirer son mystérieux adversaire, puisqu'il n'avait pas d'autre moyen de le faire sortir de sa cachette. Quand il eut parcouru six kilomètres, il s'arrêta.

À l'horizon, les lueurs bleuâtres avaient grandi. En soupirant, Aïno tapota légèrement son cigare et laissa tomber avec satisfaction la cendre entre ses pieds, sur le sol de métal. Il sortit son radiant et le régla en position paralysateur. Sans trop savoir pourquoi, il sortit du petit placard placé sous la console de commande un fin bâton argenté, un hypnotiseur. Il fit un contrôle complet de toutes les fonctions de son spatiandre, referma son casque et se leva pour sortir.

Il changea le code d'accès de la porte extérieure et se dirigea à nouveau vers la falaise, cette fois sans utiliser le projecteur infrarouge. Il ne voulait pas attirer l'attention de l'« autre » s'il voyait dans ce spectre. En explorant la paroi, il trouva à nouveau rapidement une faille qui lui permit de monter d'une vingtaine de mètres. Il s'installa sur une petite plate-forme d'où il dominait le glisseur.

Cette fois, il était beaucoup plus près de la plaine, couverte d'une matière qui ressemblait, vue de loin, à de la boue. Personne ne pourrait s'approcher du glisseur sans qu'il s'en aperçoive.

Une demi-heure passa sans que rien n'arrive. Aïno commença à se morfondre. Il n'avait pas peur, mais il se sentait infiniment seul et n'arrivait toujours pas à comprendre ce qui s'était passé. À Terrania, avant d'intégrer l'O.M.U., ses matières principales avaient été les mathématiques hyperdimensionnelles, la physique des ultra-énergies et la parapsychologie.

À force de retourner le problème dans tous les sens, il avait fini par obtenir un premier résultat. Il savait qu'en fonction de la quantité d'énergie fournie à un groupe d'atomes, ceux-ci pouvaient exister sous diverses formes. Réelle et matérielle dans un continuum A, une forme donnée pouvait purement et simplement en disparaître, sans pour autant cesser d'exister, en changeant de niveau d'énergie. Cet effet, connu depuis des siècles pour des microparticules, n'avait jamais pu être appliqué à des masses importantes.

Le lieutenant-colonel Uvanok était quelqu'un qui ne s'embarrassait habituellement pas de préjugés. Pour lui, le fait que cette théorie des niveaux n'ait jamais trouvé de démonstration générale ne prouvait pas qu'elle était absurde.

S'il était toujours sur Arctis, ce qui lui paraissait l'hypothèse la plus probable, c'est qu'il avait franchi l'un de ces fameux niveaux et se trouvait dans une autre matérialisation de la réalité. Si cette explication était la bonne, cela signifiait que lui-même et le glisseur avaient été pris dans un champ d'énergie suffisamment puissant ou particulier pour les faire transiter dans cette autre réalité.

Pour l'instant, conclut-il, Arctis existait toujours. Si la planète avait été détruite, elle cesserait d'exister dans tous les niveaux de réalité simultanément.

D'un autre côté, le lieutenant-colonel était moins optimiste. Le processus qui l'avait propulsé à ce niveau de réalité avait peu de chances de se reproduire. Tout cela n'était peut-être qu'une succession de hasards. C'était la raison pour laquelle il tenait tant à trouver son adversaire. Il lui fallait des informations...

Un éclair pâle traversa le ravin devant lui. Aïno sursauta. Une violente explosion le repoussa presque aussitôt contre la paroi de la falaise. Secoué par le choc, il perdit connaissance. Si le matériau de la falaise avait vraiment été de la roche, il aurait également perdu la vie.

Quand il revint à lui, il eut l'impression que quelques secondes seulement s'étaient écoulées. Il regarda en bas, au fond du ravin. Là où son glisseur se trouvait, il n'y avait plus qu'un trou noir et des débris éparpillés. Sa mâchoire se contracta. Sous l'effort, ses dents crissèrent. Il avait sous-estimé son adversaire. Il voulait le provoquer, mais l'autre était plus malin qu'il ne pensait.

Aïno réprima sans trop de difficulté l'envie soudaine qui l'avait saisi de descendre pour débusquer de force son adversaire. Peut-être allait-il sortir, maintenant, attiré par les débris du glisseur. Une demi-heure plus tard, comme rien n'avait bougé, Aïno dut revoir à nouveau son jugement sur l'étranger. Il savait que le pilote du glisseur n'était pas mort. Il attendait aussi. Cette pensée fit sourire l'officier. Il savait à quel point sa patience était insurpassable. Il s'installa un peu plus confortablement.

Trois heures passèrent.

Puis Aïno perçut plusieurs raclements suivis d'un bruit mou. Les micros extérieurs de son spatiandre, extrêmement sensibles, lui donnaient un avantage certain. Sa patience n'avait pas été vaine. Maintenant, il savait approximativement où l'étranger se trouvait. Il s'allongea lentement sur le ventre. Il découvrit l'étranger presque aussitôt dans son viseur infrarouge. Il se glissait le long du pied de la falaise.

Quand il vit à quoi il avait affaire, le Terrien étouffa un juron. Il s'était attendu à bien des choses, mais pas à un robot à huit pattes ! L'engin ressemblait à une tortue d'un mètre de haut et se déplaçait comme au ralenti.

Aïno jura à nouveau. Son hypnotiseur n'allait pas lui servir à grand-chose. Il réfléchit à ce qu'il pouvait faire et se décida à descendre pour surprendre le robot. Il allait se glisser en arrière quand il eut soudain l'impression de perdre l'équilibre. Aussitôt après, une violente secousse le précipita vers le bas.

La plate-forme sur laquelle il s'était avancé venait de céder sous son poids. Il se vit chuter, mais la dernière chose dont il se rendit compte avant de perdre connaissance, c'est qu'il n'avait rien heurté.

*
* *

Toutes les échelles de sensibilité des détecteurs avaient été placées au minimum, mais les appareils continuaient de montrer des pics d'une intensité stupéfiante.

— Toujours aucun signe de ralentissement d'activité, major ? demanda Perry Rhodan.

— Rien, commandant, confirma le chef de la détection. Cap et vitesse inchangés…

Un cri retentit soudain dans le central. Les techniciens avaient parfois du mal à contrôler leurs réactions quand ils voyaient les deux hautes silhouettes des jumeaux Woolver se rematérialiser sous leur nez.

Le visage des Coureurs d'Ondes était tendu. Rhodan et Atlan cherchèrent en vain à y lire un signe d'encouragement. Rakar et Tronar reprirent chacun deux fûts sans dire mot.

— Nous avons déposé et activé les quatre fûts comme prévu, commandant, dit Tronar d'une voix précipitée avant de repartir. Pas de résultat ?

— Rien pour l'instant, répondit Atlan, alors que les jumeaux disparaissaient déjà.

— Ils ont eu besoin de deux minutes vingt, dit Perry Rhodan d'un air soucieux. Cela ne va pas être facile…

— Normalement, le transport des fûts suivants devrait être plus rapide, dit Atlan d'un ton encourageant. Ils ont trouvé leurs marques.

À côté d'eux, L'Émir se trémoussait, signe d'une grande impatience chez lui. Finalement, il se leva.

— Pourquoi est-ce que vous les renvoyez là-bas, si vous êtes inquiets pour eux ? lança-t-il avec un regard lourd de reproches. J'ai lu dans leurs pensées qu'ils sont très inquiets.

— Et alors ? s'exclama Atlan. Tu crois que nous sommes gais, nous ?

Le regard noir, le mulot se détourna. Atlan l'attrapa sous les bras et le leva à hauteur de ses yeux.

— Tu sais, nous n'avons pas le choix, dit l'Arkonide sérieusement. Ils sont les seuls à pouvoir nous sauver tous…

— Laisse-moi, protesta le mulot. Tout cela, c'est de la logique froide.

L'Arkonide faillit laisser L'Émir tomber en voyant les Woolver réapparaître. Cette fois, il ne dirent pas un mot, attrapèrent quatre nouveaux fûts et disparurent. Le tout n'avait pas duré cinq secondes.

— Trente-deux secondes cette fois, constata Perry Rhodan en consultant sa montre. Tu avais raison, Atlan, ils ont trouvé leurs marques. Je ne sais pas ce que nous aurions fait sans eux.

Atlan s'approcha du Stellarque et regarda l'écran de contrôle du détecteur d'énergie.

— Ce n'est pas gagné, loin de là, dit-il. Il n'y a toujours aucun signe de ralentissement. Les cinquante fûts d'acide ne suffiront peut-être pas.

— Mais si, intervint Icho Tolot, il y en a plus qu'assez.

Le Halutien avait l'étonnante faculté de pouvoir rester immobile pendant des heures au même endroit, comme s'il était transformé en statue de pierre.

— Comment pouvez-vous en être sûr ? s'étonna Atlan, qui avait sursauté en entendant la voix de tonnerre du géant.

Tolot haussa les épaules, un geste qu'il avait acquis au contact des Terriens.

— C'est évident, Amiral.

— Bien sûr, renchérit L'Émir.

Voyant l'expression étonnée de Rhodan et de l'Arkonide, il reprit :

— Vous autres humanoïdes voyez toujours les choses avec vos préjugés d'espèce. Tolot est mieux placé que vous pour estimer l'effet du grog. S'il vous dit que cela suffira, c'est qu'il sait que même lui, qui est pourtant capable de modifier sa structure moléculaire au point d'être insensible à une décharge de radiant à bout portant, n'y résisterait pas.

Atlan toussota discrètement.

— D'abord, ce n'est pas du « grog » mais du stog, petit. Ensuite, tu ne peux pas comparer Tolot au Moby.

— Vous avez raison, intervint Rhodan. Le stog va digérer ces cristaux et même beaucoup plus. La seule question, c'est de savoir quand. Normalement, cela devrait déjà…

Cette fois, les Coureurs d'Ondes paraissaient sérieusement secoués. Sitôt rematérialisés, ils titubèrent. Tolot se précipita d'un bond pour les soutenir.

— Écartez-vous ! cria Rakar.

Les spatiandres des deux Chrystalliens fumaient. Certains parties de plastométal avaient déjà fondu.

Sans écouter, Tolot avait quand même empoigné les deux hommes.

— Merci, souffla Tronar. Donnez-nous d'autres fûts…

Perry Rhodan fit un pas en avant. Le visage du Coureur d'Ondes était baigné de sueur.

— Non, dit-il, cela suffit.

— Commandant, objecta Rakar d'une voix plus ferme, vous savez bien que ce n'est pas vrai. Il faut que nous y retournions.

— Je le sais bien, admit Rhodan, mais vous ne pourrez plus rien faire si vous continuez à ce rythme. Faites une pause quand vous sentirez que ce sera nécessaire.

— D'accord, concéda Rakar en attrapant les deux fûts qu'Atlan lui tendait. Quand nous aurons fini…

Les jumeaux se redressèrent et Icho Tolot les laissa. Une seconde plus tard, ils avaient disparu.

Perry Rhodan se tourna vers Atlan.

— Tu en as encore beaucoup d'autres comme ça dans tes réserves, Amiral ?

— Qui sait, répondit l'Arkonide avec un sourire.

## CHAPITRE V

Les Coureurs d'Ondes se déplaçaient dans une véritable mer de feu liquide. Le stog avait un effet instantané et terrible sur les cristaux, comme de l'eau sur du calcium ou de l'oxygène pur sur du phosphore. Plusieurs blocs fondaient littéralement en dégageant toute leur énergie. Des arcs de puissance se formaient dans l'épaisse fumée.

Chaque fois, les jumeaux essayaient de se rematérialiser le plus près possible de leur prochain objectif. Les amas de blocs de cristaux étaient assez éparpillés dans l'immense caverne. Pour la deuxième fois, ils réapparurent près d'un flot visqueux de cristaux en pleine décomposition chimique. La température atteignait les cinq cents degrés. Heureusement, jusqu'à présent, ils avaient pu éviter de se retrouver dans la bouillie chimique. Si leurs spatiandres résistaient assez bien à la température, il n'en allait pas de même pour le stog. Une goutte suffirait à transpercer les trois enveloppes du spatiandre.

Rakar et Tronar se séparèrent de quelques mètres, appuyèrent sur les détonateurs de leurs fûts et les lancèrent le plus loin possible sur un champ de cristaux de taille moyenne. Heureusement, l'explosion permettait au produit de se répandre sur une large surface.

Pourtant, le Moby ne montrait toujours aucun signe d'affaiblissement. Ils se demandaient si les conclusions de Nathalie Cherzova, la biologiste du *Krest II* étaient justes. Peu importait de toute façon. Ils n'avaient pas le temps de changer d'objectif. Le temps de trouver les flux d'énergie conduisant à la surface, il serait trop tard.

Leur quatrième voyage leur montra mieux qu'avant l'effroyable effet du stog. Le champ de cristaux moyens s'était transformé en une flaque bouillonnante qui lançait des éclairs et s'étendait rapidement. Un gros cristal isolé, atteint par le liquide, commençait à pencher sur le côté. Sa base se délitait comme un sucre mouillé.

— Voilà ce qu'il faut faire ! cria Rakar à son frère. Il faut trouver des champs étendus plutôt que des gros blocs.

Au sixième voyage, les mâchoires contractées par la fatigue et la déshydratation, les Coureurs d'Ondes avaient lancé la moitié des fûts. L'effet des destructions précédentes paraissait s'amplifier. Un véritable mur de feu s'élevait maintenant sur le bord de la flaque de dissolution, qui avançait rapidement à l'intérieur de la caverne.

Pour les deux mutants, la prochaine rematérialisation risquait d'être vraiment périlleuse.

*
* *

Aïno se réveilla la tête en bas. Il voyait le sommet de la falaise se découper sur la masse noirâtre du ciel. Il se débattit un peu, mais il n'arrivait pas à sentir ce qui l'accrochait.

Il se calma et se força à réfléchir. Le robot en forme de tortue ne s'étant apparemment pas encore manifesté, il décida de l'oublier pour un moment. Il était sûr qu'il n'y avait rien sous sa tête. Il n'était pas tombé sur un objet dur, sinon il aurait senti le poids de son corps sur sa tête et son cou.

Soudain, un haut-le-cœur lui donna envie de vomir. Il fit le vide dans sa tête et essaya d'apaiser le réflexe. C'était comme un mal de mer. S'il vomissait dans le spatiandre dans cette position, c'en était fait de lui. Il se noierait... À force de concentration, il réussit à apaiser la nausée et à éviter le réflexe de régurgitation.

Il regarda la paroi de la falaise au-dessus de lui. Apparemment, il avait fait une chute de quinze mètres depuis la plate-forme. Il devait donc se trouver à six ou sept mètres du sol. Mais qu'est-ce qui l'avait freiné, s'il n'y avait rien au-dessous de lui ?

Pour en avoir le cœur net, il fallait qu'Aïno fasse une petite expérience. Comme il n'arrivait pas à se relever, il leva son bras et alluma son micropropulseur dorsal. Rien. Il coupa le contact. Ce qui le bloquait vers le bas résistait à la poussée. Il avait eu l'impression de s'enfoncer légèrement au début, sans plus. Qu'est-ce qui le retenait ?

Il était comme prisonnier de liens invisibles qui l'empêchaient de franchir un certain niveau vertical, comme s'il s'agissait d'une frontière visqueuse. Poussant l'analogie avec le liquide, Aïno se dit qu'il aurait peut-être plus de succès s'il bougeait très lentement.

Il remua ses pieds de droite à gauche sans rencontrer de résistance et étendit les bras. Ses mains, placées plus haut que les épaules, se bougeaient relativement bien, quoique la résistance fût déjà plus forte qu'au niveau des pieds. Il essaya de descendre les bras au niveau de sa tête, mais plus ils s'enfonçaient, plus il devait forcer pour les faire progresser. Il ralentit le mouvement. Millimètre par millimètre, il réussit à placer ses mains derrière sa tête.

En se déplaçant avec une lenteur infinie, il parvint à replier ses jambes contre son ventre et à effectuer un mouvement de rotation vers l'arrière. Vingt minutes plus tard – mais le temps avait-il encore une signification à ce niveau ? –, il se retrouva debout sur la zone de résistance qui avait bloqué sa chute.

Il était bien au-dessus du fond du ravin, qu'il ne distinguait plus aussi clairement qu'auparavant. La réfraction des infrarouges était différente et il apercevait les éboulis comme à travers un prisme déformant. Devant lui, l'interface visqueuse s'étendait comme un vaste miroir noir au-dessus de la plaine.

L'infinie patience des Eskimos qui attendent un phoque près du trou qu'ils ont creusé dans la glace permit à Aïno de conserver son calme. Il était perdu dans un monde qui n'aurait pas dû exister et dont la structure était tout sauf stable. Avant de bouger, l'officier prit le temps de calmer les battements de son cœur et de réfléchir.

À quoi était due l'instabilité de ce niveau de réalité ? Le niveau habituel était-il le seul à posséder des constantes d'espace-temps ou bien l'apparition d'un seuil flou de gravitation dans le monde noir signifiait-il que des événements graves se passaient sur Arctis ?

Aïno se souvint de la masse lumineuse qu'il avait aperçue sur son écran dans le ciel d'Arctis juste avant de déclencher l'envoi des fusées Evoc. Il commença à faire le rapprochement entre elle et les secousses sismiques qui avaient ébranlé la planète glacée. Peut-être même était-elle responsable du déroulement anormal de sa mission et du changement gravitationnel qui venait d'intervenir sur le monde noir. Tout cela devait être lié à la libération de quantités énormes d'hyperénergie.

Les dents serrées, Aïno se dit soudain que sa mission avait certainement échoué. Tout avait dérapé. S'il mourait, son sacrifice serait vain. Cela changeait bien des choses. Quand il s'était retrouvé sur le monde noir, il avait agi individuellement, uniquement en fonction de sa survie. Mais il était avant tout lieutenant-colonel de l'O.M.U. et l'un de ses meilleurs officiers. Si cette masse lumineuse qu'il avait aperçue était capable de provoquer de tels changements, elle représentait un terrible danger pour les milliers d'hommes qui s'abritaient sous le manteau de glace d'Arctis…

Soulagé, Aïno Uvanok se dit que sa mission n'était pas encore finie. Il était encore vivant et il pouvait peut-être encore faire quelque chose pour ses compagnons.

Il repensa au robot. Son intuition lui disait qu'il fallait le retrouver. C'était l'un des éléments clés du puzzle. L'engin avait dû subir tout comme lui l'apparition des nouvelles variables gravitationnelles. Il devait aussi se trouver au niveau du miroir noir, au-dessus ou au-dessous de l'interface.

L'officier essaya d'avancer une jambe. En vain. Il fallait qu'il échappe à la zone de gravitation « collante ». Il activa son propulseur dorsal et augmenta très progressivement la poussée. Quand il atteignit deux mètres de hauteur, l'étrange effet gravitationnel cessa. Il passa en vol horizontal sans difficulté à une dizaine de mètres d'altitude.

Il remonta le ravin, dont le fond paraissait brouillé comme à travers un prisme ou une rivière, sur une centaine de mètres, puis il traversa et longea l'autre bord en redescendant.

Il trouva le robot quelques minutes plus tard. L'engin se trouvait du même côté que lui de l'interface gravitationnelle. Il était sur le dos. Ses huit pattes, levées vers le ciel, étaient immobiles. Aïno descendit le plus près possible, puis il sortit son radiant en se demandant si l'arme obéirait aux mêmes lois que dans le niveau normal. À gestes lents, il se pencha vers le robot et le toucha du bout du radiant en évitant de s'approcher des pattes, dotées de griffes métalliques. Aucune réaction. L'officier s'enhardit et déroula le microfilin qui faisait partie de l'équipement standard des spatiandres de combat. Il passa la boucle autour de l'une des pattes de la tortue métallique et augmenta progressivement la poussée de son propulseur.

Avec une lenteur infinie, le curieux couple échappa à la zone d'engluement et s'éleva vers le sommet de la falaise.

Aïno déposa le robot et s'approcha à nouveau de lui. Cette fois, il assena un coup plus fort de la crosse de son radiant sur l'enveloppe, faite d'un plastométal qui paraissait très dense. À l'exception de quelques ex-croissances, sans doute des organes de perception, la carapace du robot était lisse. Soudain, un bourdonnement retentit. Aïno se recula vivement. Le robot n'avait pas bougé. L'officier se souvint tout à coup qu'il lui manquait quelque chose d'essentiel : un translateur. Si l'engin pouvait parler, il ne s'exprimerait sûrement pas en intergalacte et encore moins en néanglais, langue véhiculaire des Terriens.

Le bourdonnement recommença, cette fois avec quelques modulations. Aïno enclencha son haut-parleur extérieur.

— Désolé, vieux frère, s'excusa-t-il, je ne comprends pas ce que tu dis.

L'atmosphère déformait légèrement sa voix, mais les sons portaient bien.

Le bourdonnement reprit, s'enflant cette fois vers l'aigu.

— Qu'est-ce que c'est ? Arrête, tu me casses les oreilles ! cria Aïno.

— Désolé, vieux frère...

Bouche bée, Aïno se retourna pour voir celui qui venait de parler.

— Par ici !

Le regard de l'officier revint vers le robot.

— Par Jupiter, ce n'est pas possible ! s'exclama-t-il.

— Jupiter ? Quoi c'est ? reprit la voix. Dis pour comprendre...

Aïno Uvanok n'en revenait pas. La tortue était équipée d'un translateur intégré. Elle reprenait ses propres expressions pour communiquer. Il se souvint de ses cours de linguistique cybernétique à l'Académie. Ils avaient appris à progresser le plus rapidement possible dans la reconstruction d'un langage intelligible complet face à une unité positronique.

Après dix minutes d'une conversation apparemment dépourvue de sens, le robot interrompit Aïno :

— Merci, colonel, j'en sais assez pour m'en tirer dans quatre-vingt-quinze pour cent des situations avec ta langue. Quelles sont tes conditions ?

— Mes conditions ? s'étonna le Terrien. Mais qu'est-ce que tu veux dire ?

— Ne joue pas au plus fin avec moi, colonel, et mettons cartes sur table, reprit le robot. Mon rôle est de protéger ce secteur. Tu y as pénétré sans autorisation et tu es toujours incapable de t'identifier positivement. Comme tu as apparemment trouvé un moyen de perturber mes organes d'orientation, je suis dans l'incapacité de t'éliminer. Dans ce cas, mes instructions prévoient la possibilité de conclure un compromis.

— Ah ! s'exclama Aïno avec un sourire.

Il commençait à comprendre. Le robot, qui s'était présenté à lui sous le nom de « Lub », croyait qu'il était responsable du brusque changement des variables gravitationnelles. Le Terrien se creusa la tête pour tirer le meilleur parti de l'erreur de la tortue, mais il préféra finalement lui dire la vérité.

— Écoute, Lub, tu te trompes sur toute la ligne. D'abord, je ne suis pas venu volontairement dans ton secteur. Au contraire. Je serais heureux si je pouvais en sortir. Tout ce que je te demande, c'est de m'aider à partir.

Le robot garda le silence pendant quelques instants. Tout allait dépendre de ses facultés d'analyse et de son autonomie réelle de décision. Aïno avait l'impression d'être un joueur d'échecs qui attendait le prochain coup de son adversaire.

— Je suis d'accord, accepta le robot, mais je ne peux pas t'aider tant que tu influences mes organes de perception.

Aïno rit.

— C'est faux, affirma-t-il, mais même si je pouvais rétablir tes fonctions, je ne le ferais pas. Tu me détruirais sans hésiter.

— Exact, colonel, c'est ce que prévoient mes instructions, avoua Lub.

— Tu te moques de moi ! s'exclama Aïno, furieux. Ceux qui t'ont construit n'ont aucun sens de l'humour, mais je vais t'avouer quelque chose. Je connais très bien les petits marrants de ton espèce et je sais que tu peux parfaitement me donner les indications pour quitter le secteur dans l'état où tu es à présent. Si tu veux retrouver toutes tes fonctions, tu as intérêt à me dire tout ce que tu sais tout de suite…

Face à l'implacable logique du robot, qui chercherait à l'éliminer quoi qu'il arrive, Aïno avait dû mentir. Pourtant, il avait bien une idée de ce qui pourrait aider l'engin.

— D'accord, dit Lub, voilà ce que vous devez faire…

Malheureusement, l'officier n'en entendit pas plus long. La faille lumineuse qui venait d'apparaître sous ses pieds l'engloutit.

*
* *

Lorsqu'ils revinrent de leur huitième voyage, les Coureurs d'Ondes furent accueillis par une animation inhabituelle. Pour la première fois, quelque chose venait de changer sur les tracés énergétiques du Moby.

Le monstre gorgé d'énergie était parcouru par une lente pulsation. Pourtant, il n'était pas certain que cette transformation soit liée à la destruction progressive des cristaux et le Moby poursuivait toujours sa route vers la planète glacée.

— Encore trente millions de kilomètres, dit Perry Rhodan. Dans trois minutes, il atteindra la zone critique.

Les jumeaux repartirent sans perdre de temps. Ils étaient au bord de l'effondrement.

Sans manifester d'émotion particulière, Icho Tolot se pencha sur l'écran de synthèse des enregistrements et commença à les étudier. Son silence montrait qu'il avait activé son planicerveau. Les fronts hyperénergétiques l'intéressaient plus particulièrement. Au bout de quelques secondes, sa tête hémisphérique se tourna vers Rhodan.

— Pourrais-tu faire vérifier l'état du continuum spatio-temporel au niveau d'Arctis, commandant ? demanda-t-il. En particulier les variations gravitationnelles.

Étonné, mais confiant dans le jugement du Halutien, le Stellarque appela aussitôt le central positronique pour obtenir les renseignements voulus.

— Les résultats seront affichés sur votre écran dans vingt secondes, commandant, promit Hong Kao.

— Qu'est-ce que tu recherches exactement, Tolot ? demanda Rhodan. Selon toi, il devrait y avoir des modifications importantes à ce niveau ?

— En effet, commandant, répondit le Halutien. Le plus étonnant, c'est qu'elles n'ont justement pas lieu. Les émissions du Moby sont tellement fortes qu'elles devraient provoquer quelque chose. Quand on pense qu'il envoie par moments des impulsions de plus de cent milliards de gigawatts…

— Cent milliards de… ? s'étonna Perry Rhodan, incrédule. Tu es sûr ?

Le Stellarque regretta sa question au moment où il la posait. Bien sûr que Tolot en était sûr. Il n'acceptait aucun résultat sans l'avoir lui-même recalculé.

Les diagrammes promis par les mathématiciens s'affichèrent. Icho Tolot les déchiffra par-dessus l'épaule de Rhodan.

— Rien, pas la moindre anomalie, constata-t-il.

— Mais toute cette énergie doit bien partir quelque part ! intervint Atlan.

— Bien sûr, admit Tolot, mais pas ici. Sinon, nous nous en serions déjà aperçus.

Perry Rhodan s'éloigna nerveusement de l'écran.

— Il y a sûrement des choses plus importantes pour l'instant que de discuter pour savoir où s'en va cette énergie, lança-t-il.

— Qui sait ? repartit Atlan, que la question soulevée par Icho Tolot semblait beaucoup intéresser. Ne sous-estime pas notre ami Halutien. Cette curieuse disparition nous concerne au premier chef, même si nous ne voyons pas ce qu'elle implique directement.

Soucieux, le Stellarque tourna la tête vers les Coureurs d'Ondes, qui revenaient de leur dixième mission.

— Quarante fûts et ce monstre est toujours intact ! C'est incroyable, comme si le stog ne lui faisait pas plus d'effet qu'un verre de limonade, dit-il d'un ton dur.

— Tu connais mal les jumeaux, répliqua Atlan. Ils ne poursuivraient pas leur mission avec un tel acharnement s'ils n'avaient pas déjà constaté que le stog agissait comme nous l'espérions.

— Peut-être, mais il reste quatre-vingt-dix secondes, rappela Rhodan. Ensuite...

Il s'interrompit, les yeux fixés sur l'écran panoramique. La croix qui marquait le cap théorique du Moby venait de se déplacer vers la gauche.

— Ma parole, il dévie ! s'exclama le Stellarque.

— Tu as raison ! constata Atlan. Il avance toujours, mais il s'éloigne de plus en plus de sa trajectoire idéale. Enfin !

Les cristaux, dévorés par le stog, ne devaient plus être assez nombreux pour transmettre précisément les indications de guidage de l'émetteur des Maîtres Insulaires.

Tout allait se jouer dans les secondes suivantes. Le Moby allait peut-être corriger son cap, après tout. Les Woolver revinrent.

— Plus que deux après, leur cria Atlan pour les encourager. Le Moby commence à réagir.

Dans l'espace, le comportement du Moby paraissait en effet de plus en plus bizarre. Il avait brusquement accéléré et avait pris un virage rapide. Sa nouvelle trajectoire traversait le soleil, comme s'il avait l'intention d'y renouveler ses réserves d'énergie.

Avant que les Coureurs d'Ondes ne reviennent, Perry Rhodan demanda à Icho Tolot de les arrêter. Fatigués comme ils l'étaient, il allaient sûrement à nouveau risquer leur vie pour les deux derniers fûts. Cela suffisait comme ça.

Dès qu'ils comprirent qu'on leur donnait l'ordre de cesser leur noria, les jumeaux s'évanouirent dans les bras de Tolot. Les médirobots se chargèrent d'eux.

— Eh bien, qu'est-ce qu'il fait ? s'étonna Atlan. S'il retourne au soleil, il peut provoquer une explosion catastrophique.

— Cela m'étonnerait, dit Perry Rhodan avec un sourire.

— Pourquoi ?

— Eh bien, parce que nous allons l'attaquer avant, annonça le Stellarque.

## CHAPITRE VI

Aïno Uvanok se réveilla dans un tunnel obscur. Même avec le viseur infrarouge, il avait du mal à en distinguer les limites précises. Il commença à avancer et découvrit finalement une petite tache lumineuse sur sa droite. *Probablement un autre tunnel qui conduit à l'extérieur*, se dit l'officier.

Réprimant sa fatigue, Il quitta d'un pas ferme le tunnel principal. Le trajet fut plus court qu'il ne l'avait prévu. En vingt minutes, il arriva à l'extrémité du tunnel. Il ne conduisait pas à l'extérieur mais à une grande halle éclairée. Le grondement qui y retentissait indiquait que les hauts jeux de quadrilatères bleus qui s'y trouvaient devaient être des générateurs. Comme des orgues, les longs blocs s'étendaient jusqu'au plafond.

Perplexe, Aïno se demandait comment une civilisation pouvait exister à ce niveau de réalité quand il aperçut un mouvement entre les blocs de machines. Il se recula vivement dans le tunnel en reconnaissant la silhouette.

Comment Lub avait-il pu revenir si vite dans la halle ?

Aïno s'allongea à plat ventre et se rapprocha à nouveau de l'ouverture du tunnel. Le robot-tortue avait disparu. L'officier se dit que Lub était sûrement chargé de l'entretien de la station des générateurs tout autant que de la protection de son secteur. Évidemment, l'existence d'une telle station supposait que l'énergie qu'elle produisait servait à quelque chose.

Un nouveau mouvement, cette fois sur la droite, attira son attention. Stupéfait que le robot ait pu reparaître si loin de l'endroit où il l'avait vu pour la première fois, il commença à se poser des questions. La solution du mystère arriva quelques secondes plus tard avec l'apparition d'un deuxième robot. Aïno maudit sa stupidité. Bien sûr, pourquoi s'était-il naïvement imaginé que le robot était le seul de son espèce sur le monde noir ?

L'officier se demanda à quoi pouvaient servir les machines. Quand les deux robots se furent éloignés, il courut à l'intérieur de la salle et s'abrita derrière un bloc de générateurs. Sur le qui-vive, il en fit prudemment le tour, mais sans découvrir le moindre mécanisme de contrôle. Il devait y avoir un seul panneau pour toute l'installation. Il se glissa de bloc en bloc et réussit ainsi à traverser toute la salle sans attirer l'attention. Malheureusement, il n'avait pas trouvé le panneau général.

Le centre de la halle devait se trouver à trois cents mètres de lui. Il s'apprêtait à repartir quand le piège se referma sur lui. Un robot-tortue déboucha de chaque côté du bloc contre lequel il se trouvait. Il s'élança droit devant lui, mais les robots surgissaient à présent de toutes parts. Il courut en zigzag et sortit son radiant. Avant de presser la détente, il se demanda pourquoi les robots n'utilisaient pas de bombes pour le tuer, comme Lub l'avait fait. Sans doute voulaient-ils éviter de causer des dommages aux installations. Il renonça à tirer. De toute façon, il ne pourrait pas les éliminer tous. Soudain, il aperçut une entrée de tunnel entre deux robots. Sans hésiter, il piqua droit dessus et s'y engouffra.

Quelques mètres plus loin, il arriva dans une haute salle voûtée. L'installation de contrôle ! Des couloirs rayonnaient de toutes parts. Il pivota sur lui-même pour trouver les panneaux de commande. Sur un cercle d'une centaine de mètres de diamètre, il n'y avait rien d'autre qu'un sol jaune et vide ! Il avança pour se placer au centre de la voûte et finit par apercevoir l'ouverture qui s'y dessinait. On aurait dit un puits antigrav.

Il s'approcha. Comme il n'avait plus rien à perdre, il sauta sans hésiter. Le champ antigrav le prit en charge et le fit descendre lentement. Aïno alluma son projecteur infrarouge. Une minute plus tard, il distinguait le fond du puits. Il n'y avait pas de robot, mais il préféra tenir son radiant prêt.

Quand ses pieds touchèrent le fond du puits, les parois de la salle à laquelle il menait s'allumèrent. Il y avait des centaines de carrés, de couleurs différentes, sur les murs. La pièce, assez petite, était octogonale. Aïno s'approcha de l'un des murs, qui s'effaça devant lui, découvrant un corridor éclairé.

Sa méfiance éveillée par l'absence de tout système de sécurité, Aïno hésita à s'y engager. Il recula vers le centre de la salle et se dirigea vers un autre mur, qui réagit comme le précédent. Tous les murs sauf un s'ouvrirent. Sûr que les sept corridors étaient un piège, l'officier s'approcha du dernier mur et donna quelques coups de crosse dessus. La paroi sonnait creux. Son radiant n'allait pas lui être d'un grand secours pour l'ouvrir, mais un spécialiste de l'O.M.U. avait plus d'une corde à son arc. Le cours que les instructeurs appelaient « training de survie », les élèves, eux, l'avaient surnommé « le train fantôme ». Ils avaient appris à faire face aux situations imprévues avec les moyens du bord.

Aïno éjecta les deux cartouches de poudre qui servaient en cas d'urgence à relayer le micropropulseur dorsal. Il enleva leur étui de protection et sortit les deux petits tubes transparents qui contenaient la poudre. Il en bourra la fissure inférieure du mur à l'aide de son couteau et en répandit un mince cordon jusqu'au centre de la pièce. Il s'allongea de l'autre côté, plaça son radiant en position thermique basse et fit feu. La poudre s'embrasa en sifflant jusqu'au mur et explosa. Aïno s'était retourné, les pieds vers le mur. La violence du choc avait fait exploser tous les carrés de lumière.

L'officier alluma son projecteur et s'approcha. Le métal du mur s'était déchiré sur cinquante centimètres de haut, juste assez pour le laisser passer. De l'autre côté, le corridor était éclairé. Aïno se glissa prudemment sous le mur et examina avec circonspection l'autre côté avec le faisceau de son projecteur.

Il avait parcouru une dizaine de mètres dans le couloir quand une porte glissa silencieusement dans le mur de gauche. Il s'abrita quelques secondes puis sauta dans l'ouverture, le radiant braqué en avant. Devant lui, sur sa droite, il aperçut une silhouette. Il se jeta à plat ventre et ajusta sa cible, un être humanoïde de petite taille, couvert d'une sorte de toge d'un beau bleu lumineux. L'être portait un ceinturon d'où dépassait, de part et d'autre, la crosse d'une arme.

Aïno rabaissa son arme et se leva en riant. L'étranger n'était pas dangereux. Ce n'était qu'une statue.

L'officier s'approcha de la silhouette pétrifiée. Il n'avait jamais vu d'humanoïde semblable dans la

Galaxie. La pièce gardée par la statue était également octogonale. Au pied de l'un des murs, il y avait un pupitre isolé.

À grands pas, Aïno s'en approcha. Au premier abord, les contacts lui parurent simples. C'était sans doute depuis ce pupitre que le niveau d'énergie de l'ensemble du monde noir pouvait être contrôlé et modifié.

Au bout d'un quart d'heure d'observation des différents voyants du pupitre, le Terrien reconnut le danger. D'un côté, il voyait des échelles enregistrer des à-coups irréguliers d'énergie, sans doute celle qui touchait Arctis dans l'autre phase de réalité. De l'autre, une série de sept échelles lumineuses se remplissaient régulièrement, plus ou moins rapidement selon l'importance des variations hyperénergétiques. La sixième des sept échelles était déjà presque complètement remplie.

Aïno comprit ce que cela signifiait. L'hyperénergie excédentaire en provenance du niveau de réalité Arctis était stocké. Quand les possibilités de stockage seraient saturées, toute cette énergie allait servir à faire franchir au monde noir un nouveau seuil de réalité.

C'était exactement ce que le Terrien voulait éviter. Le front baigné de sueur, il cherchait une solution. Au moment où il crut la tenir, il entendit le raclement caractéristique des robots.

*
* *

Cinq géants de l'espace jaillirent de la surface glacée d'Arctis. Le *Krest II*, le *Thora II,* l'*Alaric*, le *Napoléon* et l'*Imperator* se suivaient de très près.

Perry Rhodan s'était installé à sa place habituelle, sur l'estrade qui se trouvait au milieu du central, près du pacha du *Krest II*, le colonel Rudo. L'Epsalien n'envisageait pas leur mission de gaieté de cœur. Pourquoi aller donner la chasse à un Moby aussi dangereux, même s'il était devenu fou ?

Le comportement du monstre spatial était en effet devenu complètement aberrant. Il se dirigeait toujours bon an mal an vers le soleil, mais il stoppait, faisait des bonds sur le côté, se raccourcissait ou enflait de manière chaotique. Le plus dangereux n'était pas son comportement proprement dit mais le fait qu'il disposait encore de réserves de plasma suffisantes pour projeter à tort et à travers ses redoutables vrilles d'énergie.

La petite escadre s'approcha prudemment en formation large. Tout à coup, le monstre envoya une nouvelle série de vrilles. La première d'entre elles explosa à quatre kilomètres seulement du *Krest II*.

Le supercroiseur fut secoué comme par un coup de poing titanesque. Les lumières vacillèrent et le régime des propulseurs chuta d'un seul coup.

— Surcharge cent quarante, annonça la voix automatique du système de sécurité.

— Accélérez ! cria Perry Rhodan à Cart Rudo.

Le commandant sollicita toutes ses réserves pour la propulsion. Les lumières s'éteignirent à nouveau pour quelques secondes. Les écrans, une fois la première vague d'énergie absorbée, n'avaient plus besoin d'autant d'énergie. Si, par contre, une deuxième vrille touchait le vaisseau amiral en pleine accélération, ce que le Stellarque redoutait, ils ne tiendraient pas le coup. Le *Krest II* échappa de justesse à la zone dangereuse, où une dizaine de vrilles explosèrent encore.

— Cette fichue baleine ! s'exclama L'Émir. Si je m'écoutais, je…

— Voyons, petit, ne t'énerve pas, dit Tolot. Le Moby est loin d'avoir l'intelligence d'une baleine.

C'est une bête de proie, un requin si tu veux, dressé pour tuer. Il n'est pas responsable.

— Ce qui ne doit pas nous empêcher de l'éliminer, insista Atlan.

Perry Rhodan demanda au colonel Rudo de le mettre en communication avec tous les supercroiseurs. Quelques secondes plus tard, son écran se divisait en quatre zones.

— Messieurs, commença Rhodan, le Moby est suffisamment près du soleil pour que ses mouvements soient affectés par sa masse. Nous allons lui donner un petit coup de pouce avec nos rayons tracteurs. Réduisez les écrans au minimum et veillez à ce que vos générateurs puissent délivrer toute leur puissance disponible dans une minute.

Quelques secondes plus tard, les systèmes positroniques des quatre supercroiseurs s'étaient réglés par hyperondes sur le cerveau du central de tir du *Krest II*.

Une minute plus tard, Perry Rhodan donna lui-même l'ordre de lancer les rayons tracteurs.

*
* *

En entendant le bruit que se rapprochait, le lieutenant-colonel Uvanok tapa du pied de rage. Encore deux minutes et il aurait réussi !

Si personne ne s'occupait de l'installation, Arctis et toute sa zone d'espace allaient disparaître dans deux heures avec le monde noir. Son radiant braqué sur le pupitre, Aïno hésitait à presser la détente. Si les réserves d'énergie n'étaient plus contrôlées, elles seraient libérées immédiatement, ce qu'il fallait éviter à tout prix.

Les robots entrèrent dans la salle. Il y en avait une

bonne vingtaine. Il l'entourèrent et s'immobilisèrent en voyant le Terrien braquer son arme sur le pupitre.

— Si vous ne quittez pas la pièce immédiatement, je détruis tout ! bluffa-t-il.

Un robot se détacha des autres et s'approcha de lui.

— Halte ! l'avertit Aïno.

— C'est moi, Lub, dit la tortue mécanique. Tu m'avais demandé de t'indiquer la manière de quitter ce monde, colonel ? Je vais te le dire si tu ne touches pas à ce pupitre.

— Je ne te crois pas ! rétorqua le Terrien. Tu veux toujours me tuer.

— C'est vrai, admit le robot, mais nos ordres sont encore plus importants. Cette station doit rester secrète et continuer de fonctionner.

— Comment peux-tu me révéler la manière de quitter ce monde alors ? s'emporta le Terrien. Si je le quitte, son existence ne sera plus secrète !

— Pourquoi pas ? repartit Lub. Dans notre combat, nous sommes parfois obligés d'accepter des compromis.

— Quel combat ? s'étonna Aïno, rendu méfiant par la réponse du robot.

— Celui de nos maîtres, répondit énigmatiquement Lub.

— Si tu veux que vos maîtres vous retrouvent, vous feriez mieux de me laisser faire. Les réserves d'énergie seront bientôt saturées et ce monde va disparaître. Si vous voulez revoir vos maîtres… Où sont-ils d'ailleurs, ceux-là ? Depuis combien de temps les attendez-vous ?

Sachant qu'une année durait quatorze ans sur Arctis, la réponse de Lub indiquait que les maîtres des robots avaient disparu depuis environ mille siècles. Comme le Terrien s'y attendait, Lub ne voulut jamais admettre l'hypothèse que ses maîtres soient morts.

— Bon, puisque c'est comme ça, dit Aïno, à bout d'arguments, je répète ce que je vous ai dit. Quittez cette pièce ou je fais tout sauter ! clama-t-il en essuyant la sueur qui perlait sur son front.

Lub profita de ce bref instant d'inattention. Un petit clapet glissa sans bruit sur le côté de sa carapace et un bras articulé terminé par une ventouse en jaillit. Elle se colla avec un bruit mat sur le radiant de l'officier et le lui arracha. Un autre tentacule jaillit et le maintint fermement avec le premier. Le Terrien, immobilisé, ne pouvait plus rien faire. Il vit deux autres bras articulés jaillir de la carapace de Lub et s'élever au-dessus du pupitre.

Avec une dextérité étonnante, ils commencèrent à pianoter sur les touches. Au bout d'une trentaine de secondes, Aïno écarquilla les yeux et se retint pour ne pas crier de joie. La perspective de ne pas revoir leurs maîtres avait provoqué un choc chez les robots. Lub était en train d'accomplir exactement ce que le Terrien avait lui-même prévu de faire !

À partir de ce moment, Aïno Uvanok se résigna. Peu importait ce qui lui arriverait. Sa mission avait été un succès.

S'il devait mourir, il ne sentirait pas la douleur.

Les robots-tortues le conduisirent à travers les couloirs. Ils remontèrent un puits antigrav et le conduisirent au centre d'une grande salle. Quand il se retourna, il s'aperçut qu'il était au bord d'un bassin brûlant d'énergie.

Ce fut la dernière chose qu'il vit. Juste après, l'un des robots le poussa en avant.

*
* *

Le Moby n'opposait aucune résistance. Sous l'impact combiné des cinq faisceaux tracteurs, il dérivait rapidement vers la couronne solaire. Au contraire, on aurait dit qu'il accélérait lui-même pour se gaver d'énergie.

Ses réflexes instinctifs de protection avaient disparu avec les cristaux détruits par le stog. Il commença rapidement à se remplir d'énergie, plongeant de plus en plus profondément vers les masses de plasma en fusion.

Les cinq supercroiseurs étaient déjà loin. Sur l'écran panoramique du *Krest II*, Perry Rhodan et ses compagnons virent le monstre devenir aussi brillant qu'une nova et enfler démesurément. Quand il explosa, des cris de joie retentirent à bord de tous les navires. La joie de L'Émir, celui qui avait le mieux connu les derniers survivants des Laurins, était indescriptible. Suspendu dans les airs par ses forces télékinétiques, il faisait des roulades à deux mètres du sol à travers tout le central.

Quand l'escadre eut regagné Arctis, le mulot, inquiet de voir l'air préoccupé du Stellarque, s'approcha de lui.

— Qu'est-ce qui se passe, Perry, tu as des aigreurs d'estomac ?

— Si tu veux le savoir, tu n'as qu'à nous rejoindre chez Grek-1, à moins que tu ne préfères faire un somme. J'ai convoqué tout le monde chez lui dans cinq minutes.

— Mais non, je viens ! protesta le mulot en attrapant la main du Stellarque.

Une seconde plus tard, ils se rematérialisaient dans l'antichambre de la cabine du Maahk.

*
* *

— Je maintiens mon rapport, commandant, répondit l'officier en soutenant le regard sceptique d'Heske Ha'lurin, le pacha de l'*Imperator*.

— Écoutez, colonel, vos états de service sont exceptionnels, mais de là à ce que j'accepte une histoire pareille…, reprit le commandant.

— Je n'ai pas de preuves, c'est vrai, insista l'officier, mais je vous demande de me croire.

— Comment expliquez-vous, si vous avez été exécuté par ces « tortues », que vous soyez là, en bonne santé, devant moi, Uvanok ? ironisa Heske Ha'lurin. Si vous venez d'un niveau de réalité inférieure, comme vous le prétendez, comment puis-je être sûr que je vous parle à vous et pas à votre fantôme ?

— Je ne sais pas comment tout cela a pu survenir, commandant, mais c'est sûrement dû aux ondes hyperénergétiques que le Moby a projetées sur-le-champ Evoc, insista Aïno. Je peux formuler des hypothèses, mais rien de plus.

— Écoutez, Uvanok, reprit le commandant. Soit votre histoire est un tissu de mensonges et vous êtes bon pour quelques semaines à la clinique, soit elle est vraie et il faut que nous réunissions une commission d'experts. Pour l'instant, le Stellarque nous a convoqués à une réunion importante sur le *Krest II* et il faut que j'y aille. Alors retournez dans votre cabine et n'en bougez plus jusqu'à ce que je revienne.

— À vos ordres, commandant, dit l'officier en saluant.

Aïno allait sortir de sa cabine quand Heske Ha'lurin le rappela.

— Au fait, colonel, je suis heureux de vous revoir en vie ! lança-t-il.

Avec un sourire, le lieutenant-colonel Uvanok se retira. L'étude de son extraordinaire aventure allait donner des migraines aux meilleurs savants de l'Empire…

*
* *

Tous les commandants d'unités de Station Louvre étaient là. Perry Rhodan leur avait rapidement résumé ce qu'ils avaient appris au sujet de l'apparition des Mobys et du rôle des Maîtres Insulaires. En silence, il regardait les visages des hommes installés autour de lui. Des visages jeunes pour la plupart, durcis par la volonté et les combats.

— Et maintenant, dit Perry Rhodan, je laisse la parole à notre allié, Grek-1.

— Vous avez enregistré une victoire, Terriens, mais il s'en est fallu d'un cheveu. Androbéta est dorénavant un piège mortel pour toute forme de vie. Vous avez vaincu un Moby, mais il y en a des centaines ici, maintenant. D'ici peu, un nouveau monstre anorganique surgira ici même et vous n'aurez pas la moindre chance contre lui…

— Grek-1 a raison, enchaîna Perry Rhodan. Si un Moby nous attaquait dans les vingt-quatre heures qui viennent, les majors Woolver ne seraient pas en état d'accomplir le même exploit que pour le premier. Par ailleurs, nos réserves de stog sont déjà bien entamées… Oui, colonel Ha'lurin ? dit le Stellarque en voyant le pacha de l'*Imperator* lever la main.

— Tout cela veut-il dire à votre avis que la civilisation des Deux-Nez est condamnée, commandant ?

— C'est malheureusement à prévoir, colonel. Pour aller jusqu'au bout de votre pensée, cela signifie également que nous allons devoir nous retirer de la micronébuleuse. Pour l'instant l'opération Androbéta s'achève ici, Messieurs. Veuillez prévenir vos équipages et vous préparer à quitter Station Louvre dans les meilleurs délais…

Quand la réunion fut terminée, Perry Rhodan resta seul avec Atlan et L'Émir. Dans le puits antigrav qui les emmenait au mess, Atlan interrogea son ami :

— Tu ne crois pas que nous devrions abandonner définitivement Androbéta ?

Le Stellarque secoua la tête avec un sourire.

— Là où les Terriens mettent un pied, ils finissent pas poser les deux, Arkonide. Tu devrais d'ailleurs le savoir…

## *VOUS CONNAISSEZ DÉJÀ ATLAN, LE SOLITAIRE DES SIÈCLES*

Amiral d'Arkonis
Gnozal VIII, souverain du Grand Empire
Lord-Amiral de l'Organisation des Mondes Unis
et ami indéfectible de Perry Rhodan, Stellarque de Sol...

## *DÉCOUVREZ ATLAN, LE PRINCE DE CRISTAL*

Dans ses années d'adolescence, 8 000 ans avant notre ère,
au cœur d'un fabuleux empire galactique
en proie à la tyrannie et à la guerre,
tout au long d'un passionnant itinéraire d'aventures
et d'initiation à de mystérieuses sciences de l'esprit...

RENDEZ-VOUS AVEC

**« TRAQUE SUR GORTAVOR »**
**« LE PRINCE DE CRISTAL »**
**« LES PIÈGES DE KRAUMONN »**
**« LE MONDE DES MILLE TORTURES »**
**« LA BARRIÈRE COSMIQUE »**
**« LE BIO-PARASITE »**
**« LA ROUTE DES CRATÈRES »**
**« LE CHAOS ET L'INCRÉÉ »**
**« LA POSITRONIQUE OUBLIÉE »**

***LES NEUF PREMIERS VOLUMES***
***DE NOTRE COLLECTION « ATLAN »***
**DISPONIBLES CHEZ VOTRE LIBRAIRE**

*EN ATTENDANT LES PARUTIONS À VENIR*

**« LA DÉESSE VENUE DE L'INFINI »**
**« L'ANNEAU DE LA TERREUR »**
**« LA CROISADE DES DISSOCIÉS »**

*REPARTEZ AUX ORIGINES DE LA SAGA*
**PERRY RHODAN !**

Découvrez ou retrouvez les premiers épisodes et les débuts mythiques de la plus grande série de science-fiction au monde avec la réédition/compilation en volumes triples dont le numéro un est paru en **avril 2005** !

**« Opération *Astrée* »...**
**« La Terre a peur »...**
**« La Milice des Mutants »...**

Tels sont les titres des romans originaux repris dans l'ordre de leur parution dans le **Volume I.**

Et notez déjà le prochain rendez-vous historique en ***avril 2006*** avec le **Volume II** qui sera composé des trois romans suivants :

**« Bases sur Vénus »...**
**« Les Vainqueurs de Véga »...**
**« La Forteresse des Six-Lunes »...**